Het Hemelse Gerecht

Van Renate Dorrestein zijn verschenen:

romans

*Buitenstaanders (1983) ***
*Vreemde streken (1984) ***
*Noorderzon (1986) ***
*Een nacht om te vliegeren (1987) ***
*Vóór alles een dame (1988) ***
*Een sterke man (1994) ***
*Verborgen gebreken (1996) ***
Want dit is mijn lichaam (1997)
*Een hart van steen (1998) ***
Zonder genade (2001)

autobiografisch

*Het perpetuum mobile van de liefde (1988) ***
*Heden ik (1993) ***

columns

*Korte metten (1988) ***

non-fictie

Het geheim van de schrijver (2000)

* Tevens in Pandora pocket verschenen

RENATE DORRESTEIN

Het Hemelse Gerecht

P A N D O R A

ISBN 90 254 9720 9
NUGI 300

www.boekenwereld.com

Voor alle trouweloze mannen

Met een soepele draai van haar pols plant Ange het mes in het hart. Ze kantelt het lemmet enigszins en trekt het in één beweging schuin naar zich toe. De trefzekerheid waarmee het staal door het weefsel schiet, doet haar genoegen: aan zulke dingen herken je een getrainde hand. Had ze dit aan Gilles toevertrouwd, hij zou er gehakt van hebben gemaakt. Geërgerd en vertederd tegelijk denkt Ange: het hart te zijn onder Gilles' mes! Hij heeft geen slag van dit soort precisie-werk. Waar blijft hij trouwens? Ze werpt een vlugge blik op de keukenklok alvorens ze zich weer over haar werk buigt. Nauwgezet verwijdert ze de zenen uit het vlees en legt het dan bij de lever en de niertjes in de marinade. 'Kunnen de vijgen erbij?' vraagt ze terwijl ze zich naar haar zuster om-draait.

'Bijna,' zegt Irthe. Haar mes flitst nog.

'Heb jij er trouwens aan gedacht,' begint Ange.

'Die ligt al op ijs, hoor.'

'En hoe heet die man...'

'Heb ik gebeld. Morgen, zweert hij, levert hij bijtijds.'

'En zeg je dan wel meteen tegen hem...'

'Dat haalt zo weinig uit, Ange! Hij is de enige slager in de buurt!'

'Die vlerk,' mompelt Ange. Hoe kan zij haar werk doen als ze zich over iedere lap van die onbekwame kinkel zorgen moet maken?

'Klaar,' zegt Irthe. Ze snijdt de laatste vijg kruiselings in.

'Geef maar.' Ange strekt haar hand al uit.

'Wat zijn ze toch verleidelijk,' zegt haar zuster. Ze knijpt

zachtjes in de vrucht en een zoete geur stijgt op als de insne-
de zich openvouwt. De randen wijken uiteen en zwellen, en
daartussen wordt het roze vlees zichtbaar. Het puilt licht
naar buiten, glinsterend van het sap. 'Ja, toe nou maar,' zegt
Ange ongeduldig. Ze neemt de vijg uit Irthes hand en dom-
pelt hem onder in de marinade. Je bent er altijd wel even
mee bezig, maar de bewerkelijkheid van haar terrine d'entrailles wordt ruimschoots goedgemaakt door het resultaat.
'Wil jij nog even wat tijm gaan plukken?' vraagt ze over haar
schouder.

Irthe kan de regen niets meer schelen, na anderhalve week
van onafgebroken stortbuien. Zonder enige aanvechting om
te gaan rennen trekt ze de keukendeur achter zich dicht en
begeeft zich via het brede terras, waar over enkele weken
weer sorbets en aardbeien met slagroom geserveerd zullen
worden, naar de kruidenbedden in de tuin. Als ze zich bij de
tijm bukt, ziet ze dat het water tot halverwege de stelen reikt.
Op de plassen tussen de planten staan grote bellen. En elke
dag is het antwoord van het weerbericht: meer.
    Wanneer ze zich weer opricht, gaat in de keuken juist het
licht aan. In de beginnende schemering is het raam net het
scherm waarop een film wordt geprojecteerd. Geamuseerd
blijft Irthe staan. Haar zuster loopt van het aanrecht naar
het fornuis en tilt met doelgerichte gebaren deksels van
pannen: Ange in de hoofdrol, dat betekent actie! Roeren,
stampen, pureren, pocheren! Soufflés zullen rijzen, uienringen in de hete boter sissen en in heel het universum zal vrede heersen. Behalve natuurlijk wanneer je de venkel bent in
Anges soep, of de lamsbout in haar oven. Maar het is eten of
gegeten worden, zo is het leven.
    Nu komt Gilles de keuken binnen. Zijn zwarte haar glanst
in het lamplicht terwijl hij een schort ombindt. Dan zegt hij
iets tegen Ange, die een gezicht naar hem trekt. Irthe heeft
geen ondertiteling nodig. Telkens als Ange die stoofschotel
maakt, vraagt Gilles met een blik op al dat orgaanvlees of ze

soms bezig is te oefenen voor de perfecte moord. Gilles vindt dat een goede grap best herhaald kan worden.

Ondanks de stromende regen krijgt Irthe het warm. De hand die ze hem even over Anges wang ziet halen, voelt ze langs haar eigen huid strijken. Uiterlijk hebben Ange en zij nooit erg op elkaar geleken, Ange met dat kleine felle hoofd op een in vergelijking plomp lichaam en zij met haar bolle gezicht en lange ledematen, maar Irthe ziet, terwijl ze naar haar zuster kijkt, zichzelf daar in de keuken met Gilles. Hij wordt te dik, denkt ze, we moeten hem op dieet zetten.

Ze gaat op haar hurken zitten en plukt nog wat bieslook voor de sla. Er zijn heel wat reserveringen, het zal vanavond weer druk zijn. Misschien trekt ze haar lila jurk wel aan: die levert haar altijd complimenten op. In zekere zin is het hele leven een film. Je speelt je rol, je zegt je tekst – maar het voeren van de regie is natuurlijk het meest interessante onderdeel. Met een flauwe glimlach komt Irthe overeind en ziet Gilles voor het keukenraam staan. Hij brengt iets naar zijn mond en kauwt, terwijl hij naar buiten staart. Zit hij soms aan haar vijgen? Onder haar natte jurk begint haar huid te tintelen. In fel oplichtende woorden denkt ze: ik ben gelukkig. Meteen heeft ze het vage gevoel dat je dat eigenlijk niet hoort te denken, je bent gelukkig en staat daar verder niet bewust bij stil. Ik ben ongelukkig, denkt Irthe, zou dat wel mogen, of wordt een mens geacht ook dat niet op te merken?

Ange houdt van dit moment van de middag, nu er nog rust en orde heersen in haar keuken en alle handelingen de aandacht kunnen krijgen die ze verdienen. Nadat ze heeft gecontroleerd of de terrine de saumon goed opstijft, begint ze eiwit te kloppen. Elke dag opnieuw is het aantal handelingen dat verricht moet worden eindeloos, maar bezwaren doet dat haar nooit. Het alternatief zou zijn iedere ochtend wakker te worden als de onbetaalde dienster en kokkin van degene die op het andere kussen ligt te snurken. Smaken verschillen! Voor haar geen leven van afhankelijkheid – nooit meer.

Naast haar aan het marmeren werkblad vraagt Gilles: 'Is die gâteau zo goed?'

'Wacht even,' mompelt Ange, terwijl ze het eiwit met een spatel door het pasteideeg voor de terrine schept. Ze bezit de gave de meest machtige recepten nog luchtig te doen schijnen; ze heeft, zegt Gilles altijd, wel iets weg van het meisje uit de legende dat vogels van leem vormde die wegvlogen zodra zij ze in de lucht wierp.

'Wat zei je, Gilles?'

'Kijk eens naar je taart.'

Ze dekt het deeg af en laat haar blik rusten op de amandeltaart die hij heeft gegarneerd. Hij is vlak naast haar komen staan en even is ze zich bewust van zijn heup tegen de hare. Als ze nu maar uitkomt met de aspic – morgen weer een grote partij, een zilveren bruiloft met vijfentwintig gasten. Haastig inspecteert ze de taart. Te laat bemerkt ze dat ze haar wenkbrauwen fronst: de amandelcrème is iets te donker uitgevallen.

'Ange? Wat kijk je?'

'Niks,' zegt ze snel. Zij en haar eeuwige kritiek. Waarom zou hij zich nog uitsloven als ze toch nooit tevreden is?

'Is het niet naar je zin?' Hij buigt zich over de gâteau om er iets aan te verschikken. In zijn nek krult zijn haar een beetje, en Ange denkt: voor de smaak maakt de kleur van die crème niets uit. Geen mens zal het verschil proeven. Alleen gaat het daar niet om. Voor haar schotels stromen de gasten uit alle windrichtingen naar Het Hemelse Gerecht, zij is verantwoordelijk voor de kwaliteit. En dus voor het succes van het bedrijf. Die wetenschap is overigens niet onaangenaam, ze verschaft haar een zeker overwicht: zonder haar zouden Gilles en Irthe verloren zijn.

'Het is goed zo,' zegt ze berustend.

'Gelukkig. Ik was bang dat je die crème lichter had willen hebben.'

Terwijl hij de schaal naar de bijkeuken brengt, wendt ze

zich met een zucht tot haar fornuis. Werktuiglijk voegt ze room bij het kookvocht van de cassoulet de moules au fenouil en laat de saus inkoken. Had Irthe die gâteau nu maar afgemaakt. Hoe zit het trouwens met de tijm? En waarom heeft Gilles de groente nog niet gesneden? Hij staat notabene op zijn gemak voor het raam en kauwt verstrooid ergens op. 'Wat een zeldzaam beestenweer toch,' mompelt hij.

'De prei, Gilles.'

Halfvijf pas, maar het is nu al zo donker dat ze hem in de ruit weerspiegeld ziet en zichzelf schuin achter hem, zodat hij nog groter lijkt dan hij is. Hij is misschien wat te zwaar maar dat misstaat hem niet. Hij is een van die mannen die altijd iets jeugdigs behouden, je zou hem nooit veertig geven. Anges blik glijdt naar haar eigen spiegelbeeld. Ik heb natuurlijk wel goede botten, denkt ze, die benige gezichten worden meestal op een heel aardige manier oud.

'Waar kijk je naar?' vraagt ze, ineens gepikeerd omdat hij zoveel aandacht heeft voor wat zich buiten bevindt. Achter de ondergelopen bloemperken, de verdronken kruidentuin en het terras, onzichtbaar in het duister, stroomt de rivier voorbij, omzoomd door wilde rietlanden en uiterwaarden die geheel onder water staan. Daar buiten in het donker ligt de hele wereld. Nietig kleeft hun restaurant onder aan de dijk die naar het dorp voert, twee kilometer verderop, overhuifd door zwarte, grimmige wolken, met daarachter als alles goed is de zon, de maan en de sterren – maar hoe Ange zich ook inspant om van dat alles een glimp te ontwaren, zij ziet in de donkere ruit slechts de weerspiegeling van haar eigen keuken, met Gilles en haarzelf in het middelpunt. Zal ze hem vanavond de mousseline Dijonnaise laten doen? Ze gunt hem zo graag iets waarmee hij eer kan inleggen.

Met een glimlach op zijn gezicht draait hij het raam de rug toe en Ange denkt: we hebben nog anderhalf uur, een zee van tijd, ik lig goed op schema. En daar komt Irthe ook net binnen met de handen vol bieslook en tijm. 'Groeizaam weertje,' roept ze vrolijk, terwijl ze het water uit haar lange haren schudt. Haar jurk druipt, haar benen zitten onder de modder. Ze blijft toch ook altijd de jongste.

Ange kijkt van haar zuster naar haar man, die toeschiet met een handdoek. Gilles en zijn monumentale zorgzaamheid. 'De prei, schat,' zegt ze.

Irthe draait de voordeur van het restaurant van het slot en doet het buitenlicht en de verlichting van het portaal aan. Ze inspecteert de garderobe, waar een vergeten sjaal aan de kapstok hangt. In de spiegel ziet ze dat ze haar haren wel wat beter had mogen drogen. Maar de lila jurk was een goede gedachte, hij maakt haar nog slanker en langer dan ze al is: ze is bijna even groot als Gilles, haar neus raakt zijn kin.

Op de drempel van de eetzaal kijkt ze keurend om zich heen. Het is een hoog, langgerekt vertrek met grote ramen en een lichte parketvloer. Op alle tafels staan verse bloemen. Het kristal is gewreven, de zachtgroene servetten zijn gevouwen, er ligt hout in de open haard, de parkieten kwetteren in hun kooi, die ellendige *Vier jaargetijden* is eindelijk uit de cd-speler verwijderd, de wijnkoelers staan klaar, de viscouverts zijn gepoetst. Ook het buffet is gereed; bonbons, zachte pepermunt en een keur aan sigaren liggen er aantrekkelijk uitgestald. Wat mij betreft kan de voorstelling beginnen, denkt Irthe, terwijl ze een kersenbonbon in haar mond steekt en het zilverpapiertje gladstrijkt. Automatisch slaat ze de rode buitenkant naar binnen en begint het tot een smalle reep te vouwen, waarvan ze een ringetje vormt. Ze schuift het aan haar vinger, strekt haar hand en bestudeert de aanblik ervan. Weet jij nog, Ange, waarover wij vroeger droomden als we over de liefde droomden?

Ze kan beter voortmaken. Over een uur arriveren de eerste gasten. En die zullen blijven zitten waar ze zitten totdat hun de rekening wordt gepresenteerd. Die gedachte is, zoals zo vaak, genoeg om Irthes humeur volstrekt te stabiliseren. Het is algemeen bekend dat het succes van Het Hemelse Gerecht háár verdienste is. Want al doen Anges creaties velen terecht denken aan dat met die broden en die vissen, het blijft bederfelijke waar. Pas op het scherm van Irthes computer veranderen de schotels en gerechten in houdbare cijfers en getallen. Zonder Irthes solide bedrijfsvoering geen solvabiliteit of rendement, geen nieuwe oven voor Ange en geen salaris voor Gilles. Ze hadden hem nooit in dienst kunnen nemen als zij vanaf het allereerste begin, vijftien jaar geleden, niet zo'n competente manager was geweest. Misschien, denkt Irthe welwillend, terwijl ze snel een tafel verschuift en de stoelen in het gelid duwt, zal ze vandaag of morgen die espressomachine eens vervangen waarover Ange al zo lang klaagt.

Ze besluit zichzelf nog vlug even een sigaret te gunnen voordat ze naar achteren gaat, waar vast nog duizend kleinigheden moeten gebeuren. Ange haat het wanneer er in haar keuken wordt gerookt, en Irthe is wel wijzer dan haar zuster nodeloos te ergeren. Het leven zelf, denkt ze vertederd, is voor Ange al één grote bron van ergernis. Leveranciers die verwachten dat er een gezellig praatje met hen wordt gemaakt! Gasten die vragen om een schaaltje mayonaise! Het is nog een geluk dat Ange, die zo weinig van haar medemens verdraagt, van Gilles tenminste wel alles kan velen. Toch zegt Irthe soms waarschuwend tegen hem: 'Denk aan wat de Chinezen adviseren: Wie in leven wil blijven, houde de kok te vriend.' Waarop hij alleen maar lacht. Gilles is zo'n onbezorgde man. Hij heeft er geen weet van waartoe Ange in staat is als ze wordt getergd. En hij hoeft natuurlijk ook niet alles te weten. Niet alle geheimen zijn bestemd om te worden gedeeld. Hij zou zelf trouwens de eerste zijn om dat van ganser harte te beamen.

Irthe maakt haar sigaret uit. Ze trekt de ring van zilverpapier van haar vinger en legt hem in de asbak. Dan leegt ze die in de afvalemmer onder het buffet. Bij nader inzien verschuift ze de schaal bonbons. Ze kan het nooit nalaten in het passeren her en der nog een kleine verfraaiing aan te brengen: Irthe was hier. Ineens merkt ze dat ze loopt te neuriën, het dwaze kinderliedje van de mosselman nog wel – dat komt natuurlijk doordat ze net in de keuken Anges cassoulet de moules heeft geroken. Eind maart, maar het is net een dag voor zo'n winters voorgerecht. Toen Ange vorige week dit menu samenstelde, scheen de eerste lentezon al, maar de mosselen voor haar cassoulet waren nog niet besteld of sombere najaarswolken pakten zich samen. De hemel, vermoedt Irthe, zal pas weer opklaren als haar zuster aan raapstelen of artisjokken denkt. Was het maar mogelijk om zo'n gedachte in Anges hoofd te planten, maar Anges geest volgt zijn eigen wetten, en de verlangens of voorkeuren van derden spelen daarbij geen grote rol. Meteen schiet de terrine d'entrailles Irthe weer te binnen. Het zal een hele sport zijn om die vanavond kwijt te raken. Gelukkig eten de meeste gasten uit haar hand. Alsof er in het collectieve bewustzijn een besef huist dat degene die je voedt, wel zal weten wat goed voor je is.

Wie, denkt Irthe triomfantelijk, had kunnen voorspellen dat het leven nog eens zo comfortabel zou zijn? Dat hadden we dertig jaar geleden eens moeten weten, Ange, toen jij acht was en ik zes, en we samen de mosselman zongen. Er hoorde een dansje bij. Iedereen kon het met eigen ogen zien: de zusjes dansten, de zusjes zongen. We speelden alsof ons leven ervan afhing. Aan ons viel niets te merken. Wij leken niet anders dan andere kinderen. We dansten toch? We zongen toch? Zo klein en iedereen toch al zo gewiekst om de tuin leiden! En zo handig om een langdurige training als komediante te hebben gehad! Toen Gilles hier bijna vijf jaar geleden kwam werken, was niet te voorzien dat het nog een hele kunst zou worden om een schandaal te vermijden, maar nu treft het mooi zo bedreven te zijn in het ophouden van de schijn.

Vredig gestemd opent Ange de laatste mossel en snijdt een paar tomaten.

'Wil je thee?' vraagt haar man. 'Je moet even wat drinken, Ange. En ten minste twee minuten zitten.'

'Ach welnee,' zegt Ange dankbaar. Ze heeft allang besloten de mousseline Dijonnaise zelf te maken, tenzij Irthe nog opdaagt.

Op hetzelfde moment zwaait de klapdeur naar het restaurant open en komt haar zuster de keuken in. 'Kan ik hier nog wat nuttigs doen? De sla maar, om te beginnen?'

Ik zal nooit meer iets vragen, denkt Ange. 'Gilles? Krijg ik dat beslag nog van je?'

'Ja. Jij thee, Irthe?' Hij reikt al naar de pot. Voor zo'n grote, rustige man beweegt hij zich wonderlijk vlug en licht, zo zie je hem hier, zo zie je hem daar, hij is overal tegelijk, zachtjes tussen zijn tanden fluitend. Hij zet een kopje thee naast de spoelbak waar Irthe juist de sla in gooit. 'Aan jou kan ik tenminste wat kwijt.'

'Vooruit Ange, gun het die man nou eens dat hij je in de watten legt,' roept Irthe uit, terwijl ze de lange rode haren over haar schouder zwiert. Anges haar is eerder rossig, zij draagt het kortgeknipt om er geen hinder van te hebben boven haar stomende pannen, die het doen kroezen en klitten. 'Ja, zo meteen,' zegt ze afwezig. Damp wolkt rond haar gezicht als ze zich weer over het fornuis buigt. Nog drie kwartier te gaan. Haar cassoulet is werkelijk perfect uitgevallen. Zul je zien dat iedereen vandaag de cannelloni als voorgerecht neemt, omdat die zo lekker vult.

'Zeg,' begint Irthe, 'zullen we volgende week...'

'Stil eens,' zegt Gilles. 'Horen jullie de wind?'

Ange wisselt een toegeeflijke blik met haar zuster. Gilles en de elementen! Gilles, de plattelander!

'We krijgen nog veel zwaarder weer, meisjes,' zegt hij bezorgd.

'Ja, vreselijk,' beaamt Ange. Er is niets dat haar minder kan schelen en ze moet nu snel de boter aan haar saus toevoegen.

'Hak even wat venkel voor me,' verzoekt ze.

'Venkel, Gilles,' zegt Irthe.

'Niet te grof, schat,' zegt Ange snel. Ze houdt hem vanuit haar ooghoek in de gaten.

'Zullen we binnenkort eens artisjokken doen?' herneemt haar zuster. 'Die lopen altijd goed.'

Ange roert de mousseline. Hoe kan zij nu weten wanneer ze iets voor artisjokken zal voelen! Irthe is degene die bedreven is in vooruitdenken. Zij was het ook die destijds fluisterde: 'We dragen hem door de gang en leggen hem onder aan de trap, zodat het een ongeluk zal lijken.' Irthe is goed in die dingen.

'Als je het mij vraagt, hangt ons heel wat boven het hoofd,' voorspelt Gilles met omineuze stem, terwijl hij aan het aanrecht eindelijk beslag begint te kloppen. 'Heeft iemand het weerbericht gehoord?'

'Wil je trouwens olijven in de sla?' vraagt Irthe.

'Ja, doe maar. Er is nog een open blik in de bijkeuken,' zegt Ange. Als Irthe erop staat, zou ze natuurlijk artichauts à la galérienne kunnen overwegen. Alleen blijft het een idioot idee iets te moeten koken omdat de gasten het klaarblijkelijk graag afnemen. Maar dat hou je toch, met Irthe.

Haar zuster komt te voorschijn uit de bijkeuken. 'Is die gâteau wel goed, die daar staat?'

'Die taart is prima,' zegt Gilles.

'Jongen, de crème is veel te donker. Dat zie je zelf toch ook wel!'

'Nou ja!' zegt Gilles verbaasd. 'En dat zei ik nog tegen je, Ange.' Hij overhandigt haar de gesneden venkel en even beroeren zijn vingers de hare. Hij heeft de innemende gewoonte je voortdurend als terloops aan te raken, alsof het hem onmogelijk valt van je af te blijven. Ze kan zijn lichaamswarmte voelen, en levendig stelt ze zich plotseling voor hoe hij in haar glijdt, hoe hij haar langzaam, diep en kundig penetreert. 'Dank je wel,' zegt ze warm.

'Het is niet best buiten,' constateert Irthe opeens, terwijl ze haar hoofd heft. 'Volgens mij is het nou ook nog gaan waaien.'

'Irthe,' zegt Gilles, 'dat zei ik net. We krijgen noodweer.'

'Als we maar geen afzeggingen krijgen,' vindt Irthe.

'Het bevalt me niks,' zegt Gilles.

'Ach, in al die vijftien jaar dat Ange en ik hier nou onder aan de dijk zitten, is er anders nog nooit wat gebeurd.'

'Maar de rivier heeft nog nooit zo hoog gestaan. Als dat maar geen complete overstroming wordt.'

'En mijn zilveren bruiloft van morgen dan?' roept Ange verschrikt.

'Ja, dat wordt evacueren,' veronderstelt Irthe. 'Hè, kijk nou Gilles, je hebt niet genoeg radijs gesneden.'

'Gooi er maar wat extra paprika bij,' zegt Ange. Haar zusters sla is altijd goed, wat de bestanddelen ook zijn. Waar Irthe gaat, komt orde tot stand. Er zijn momenten waarop Ange zich niet kan voorstellen dat zij de kleine Irthe ooit heeft moeten leren hoe je je schoenveters strikt.

'Paprika, Gilles,' zegt Irthe.

'In reepjes,' vult Ange aan.

'Ik geloof niet,' zegt hij zachtzinnig, 'dat jullie beseffen welk gevaar we kunnen lopen.' Hij kan zo onverstoorbaar zijn als een stuk steen. Als hij hun met zijn engelengeduld nu maar niet gaat zitten voorlichten over waterstanden. Geplaagd roept Ange uit:

'Maar wat kunnen we er verder aan doen?'

'Ja, wees nou even reëel, man,' zegt haar zuster.

Gilles kijkt teleurgesteld. Zonder enig enthousiasme begint hij een paprika te ontpitten. Met korte flitsen van zijn mes snijdt hij ze in reepjes. Hij heeft ambitie, hij heeft talent. Waarom, denkt Ange, waarom is hij er niet op uit perfect werk af te leveren? Hoe bestaat hij het om geen volmaakte en betrouwbare koksmaat te zijn? Zijn nonchalance ontreddert haar: ze verdraagt geen onvolmaaktheden in wie ze liefheeft.

Ze werpt een vlugge blik in de oven, ze stort de roquefortsaus over de cannelloni en ze kijkt onthand om zich heen. Ze is klaar. Dit is misschien een moment voor een kopje thee. Dat andere mensen daarvoor onder een schemerlamp in een fauteuil plaatsnemen en hun benen op de salontafel leggen, is een gedachte die Ange soms als haast exotisch voorkomt. Ze gaat zitten aan de grote beukenhouten tafel, die haar huiskamer is. Hij staat vrijwel midden in de keuken; vanaf hier kun je op alles een oog houden, op het blauwe hardstenen aanrecht onder het raam, op het dubbele fornuis vol pruttelende pannen, op de ovens en ijskasten, de afzuiginstallatie van roestvrij staal, de lange werkbladen langs de muur met daaronder de bordenwarmer en de rekken serviesgoed, het hakblok in de hoek en de oude vliegenkast naast de deur van de bijkeuken. Overdag is de keuken licht en zonnig dankzij de brede ramen en de glazen deur naar de tuin. Het uitzicht is in alle seizoenen even plezierig. Ze hadden hun erfenis werkelijk niet beter kunnen besteden.

Aan het aanrecht zijn Gilles en Irthe nog bezig met de sla. Vliegensvlug werpen ze de verschillende groenten in kommen. Het is alsof hun handen door een en hetzelfde brein worden bestuurd. Maar vermoedelijk proberen ze elkaar te snel af te zijn, en Ange kan Irthe in gedachten al zegevierend horen snuiven. 'Ach, Gilles,' begint ze meewarig, maar op hetzelfde moment vormt zich in haar hoofd een ongerijmde zin, die nergens vandaan lijkt te komen: jij hebt een bel van veiligheid om ons heen geblazen.

Vragend kijkt hij op. Hij heeft heel lichtblauwe ogen, waarmee hij soms, wanneer hij met iets of iemand de draak steekt, knippert als een kind dat onzeker wordt van zijn eigen overmoed. Deze ogen zien mij, gaat het door Ange heen, in deze ogen besta ik. 'Ik geloof,' zegt ze bedremmeld, 'dat ik hier wel zo ongeveer klaar ben. Ik ga maar even naar voren.'

'Daar is niets meer te doen,' roept Irthe.

'Blijven zitten jij,' zegt haar man. Hij pakt haar bij de pols en duwt haar terug op haar stoel. Met zijn duim wrijft hij over de muis van haar hand.

'Ach waarom,' zegt ze, ineens kribbig omdat haar handen zo ruw zijn, of omdat ze even zo sentimenteel was. Hebben

Irthe en zij niet vanaf het moment dat ze konden lopen bewezen onkwetsbaar te zijn? Voor hun veiligheid hebben ze niemand nodig. 'Maak dat blik olijven maar leeg, Gilles,' zegt ze, 'dan kan het naar Irthes museum.'

En is de avond niet weer een succes? Zoals juffrouw Irthe af en aan loopt met gekoelde wijn en vingerkommen waarin schijfjes citroen drijven! Ze draagt het haar in een losse wrong, die haar bolle gezicht accentueert – het is een eigenaardig gezicht, het is beslist niet knap, maar toch heeft het iets, en de lila jurk doet haar lange, soepele ledematen op prettige wijze uitkomen. Men bekijkt haar tersluiks terwijl ze zich over schouders buigt, met een verzorgde nagel op de kaart tikt en tegen opgeheven gezichten zegt: 'En bij de terrine d'entrailles moet u beslist een vin jaune proberen.' Dat is geen vrijblijvende aanbeveling, noch een te negeren advies, dat weet iedereen die hier eerder is geweest. In Het Hemelse Gerecht zijn de marges die de gasten zijn toegestaan niet groot en juffrouw Irthe heeft een onthutsend vermogen haar gebrek aan instemming met een bepaalde keuze of combinatie kenbaar te maken zonder ook maar een wenkbrauw op te trekken. Zij heeft, is het algemene gevoelen, een persoonlijkheid die het op de een of andere wijze uitsluit dat men zelf beslist. En zij zou het domweg niet dulden als iemand zich daardoor gekleineerd of beledigd voelde: hier laat men zich het heft uit handen nemen, in plaats van zich te verlaten op de eigen smaak of eetlust.

De gasten vinden juffrouw Irthe hulpvaardig, deskundig en formidabel. Een vakvrouw.

Dat hadden we eens moeten weten, Ange, dat hadden we dertig jaar geleden eens moeten weten, toen jij acht was en ik zes, en we uit tijdschriften de advertenties voor soepen en zuivelproducten knipten en de plaatjes van de kookrubriek. We tafelden met flesjes wijn ter grootte van je pink, met zwart-witspiegeleieren en met bamischotels met de merknaam er overdwars in, en dan namen we nog een pudding toe, of een schaal koekjes met spaarpunten. Dertig jaar geleden, toen jij acht was en ik zes, waren we als mensen die een oorlog doorkomen door kookboeken te lezen: we speelden Het Diner en vergaten de rest. Alleen al het openmaken van de doos waarin we die wereld van het eten hadden opgeborgen! Nu kennen we de geuren en de smaken, Ange, en nu zijn wij het die zorgen dat de mens datgene kan doen waarvoor de mens is gemaakt: om te eten.

Irthe serveert de vin jaune. Ze vult de glazen, voorproeven is niet nodig, en wenst haar gasten een aangename maaltijd toe. Dan brengt ze bedauwde boterrozetjes en flinterdunne toast naar tafel twee en neemt daar de bestelling op. Als ze terugloopt naar de keuken, dringt het gekletter van de regen weer tot haar door. Vanochtend was haar collectie nog droog, maar het museum staat tamelijk ver achter op het erf en Gilles heeft haar verontrust. Het irritante van Gilles is dat hij wat het weer betreft bijna altijd gelijk heeft en dat hij nooit zonder gegronde redenen pessimistisch is. Maar tafel zes wacht op de forel.

'Kom,' zegt juffrouw Irthe, 'ik zal u eens even fileren.'

De beide gasten rechten hun rug en halen hun ellebogen van de tafel. Ze schikken hun servet. 'Het voorgerecht was weer voortreffelijk,' zegt de man.

Irthe kijkt hem aan. Cannelloni met roquefortsaus, eerste gang voor de vraatzuchtigen. 'Mijn vrouw,' vervolgt hij, 'zou daar graag het recept van hebben.' Hij vouwt de handen over zijn vest, dat lichtelijk spant rond honderden zakenlunches en cocktailparty's.

'Ja, ja, inderdaad,' zegt mijn vrouw licht beduusd. 'Wat mijn man zegt.'

'Maar thuis,' zegt juffrouw Irthe, 'smaakt zoiets vaak heel anders dan hier, hoor.'

Mijn man barst in lachen uit: de juffrouwen kunnen toch ook werkelijk onbetaalbaar lomp zijn. Tegenover hem kijkt mijn vrouw bits naar haar bord. Het huishouden is haar roeping. Zij kookt uit liefde.

'Ik bedoel,' zegt Irthe tegen haar, 'dat alles wat een ander voor je klaarmaakt nu eenmaal iets bijzonders heeft.'

Mijn vrouw is op slag verzoend. Op basis van haar jammer genoeg zeer beperkte ervaring op dit gebied kan ze niet anders dan dit beamen.

'Ik zal mijn zuster vragen of uw man dat recept mag hebben,' zegt Irthe. Ze vlijt de forel op een bedje van jonge peulen, een gerecht dat haar verder nooit zoveel oplevert, maar ze houdt aan deze tafel natuurlijk wel weer een cannelloni-doos over, voor de collectie deegwaren. Opnieuw moet ze een zucht onderdrukken en besluit dan meteen dat ze zich geen zorgen wenst te maken. Het museum is van meet af aan toch alleen maar een grap geweest. Of misschien een halve grap, vooruit dan. Al zou men haar een pistool op de borst zetten, ze zou niet kunnen zeggen waarom ze er al die jaren mee door is gegaan, behalve dat het haar steeds een onbenoembaar genoegen heeft geschonken. En zo lang plezier beleven aan dezelfde grap, dat gebeurt niet vaak, zeggen ze soms uitgestreken tegen elkaar: natuurlijk nemen we dit niet helemaal serieus, het museum niet en de collectie niet. Wij zijn volwassen vrouwen. Wij handelen als volwassen vrouwen. We spreken met de hypotheekbank over een verbouwing, we lezen de krant en de weekbladen, we werken zeventig uur per week, we luchten onze wintergarderobe. We kijken soms in de spiegel en treuren om hetgeen waarvan de tijd ons geleidelijk begint te beroven – maar we beseffen ook dat we elke rimpel hebben verdiend door veel te lachen en veel te huilen: doe je veel van het een, dan doe je ook veel van het ander, want elke medaille heeft een keerzijde, iedere kant een tegenkant en alle werelden hebben onlosmakelijk ook een omgekeerde wereld in zich. Zou dat niet zo zijn, dan was er geen balans en dan raakte alles wat redelijk leek onherroepelijk in het ongerede: de meeste dingen bestaan bij de gratie van hun tegenwicht.

Stroomafwaarts, twee kilometer verderop, slaapt het dorp, een gedachte die Ange vaak door het hoofd schiet als haar werkdag erop zit: het bevredigt haar diep dat zij er zelf zo'n ander levensritme op na houden.

In het dorp valt al om halfelf het doek. Misschien kraakt er ergens nog een bed, maar het licht is in elk geval uit. Waarschijnlijk heeft men zomer en winter een pyjama aan. Overdag dragen de vrouwen aan hun voeten veelal nylon slippers met lichtblauwe pompoenen. Aldus geschoeid doen ze hun boodschappen bij slager Van de Wetering, reppen ze zich naar de kapsalon voor een permanent en wandelen ze met hun kinderen onder de oude linden, die de dorpsstraat zijn vriendelijke karakter verlenen.

Hier en daar staan uitnodigende bankjes, met mussen op de leuning. Tussen de witgepleisterde huizen bieden door-kijkjes een blik op zonnige hofjes, waar de vrouwen bij el-kaar groepen. Samen analyseren zij de situatie. Ze onder-zoeken motieven. Ze wegen nu dit af, dan dat. Ze praten als-of ze vrezen dat het onuitgesproken laten van hun opinies of observaties een fataal gezwel in het hoofd zal veroorzaken. Ze zijn het meestal met elkaar eens. Ware liefde gaat door de maag. Het is dus beter de jus van saucijsjes altijd met een maggiblokje te verrijken.

Dit zijn vrouwen die hun aardappelschilmesje weten te gebruiken en die zich verder niets in hun hoofd halen. De meesten maken lange uren in de winkel of in het bedrijf van hun man en doen na sluitingstijd de administratie, bezighe-den die algemeen worden samengevat onder de term 'mee-werken'. Slechts een enkeling heeft een zelfstandige baan – zij van Willemse werkt bijvoorbeeld parttime op de biblio-theekbus, ze stempelt dat het een aard heeft, en je hoort er nog eens wat. Informatie is altijd bruikbaar: de saamhorig-heid wordt erdoor bevorderd. Saamhorigheid is een groot goed, als je met niet al te veel mensen van doen hebt. En zij van Willemse krijgt straks betaald zwangerschapsverlof!

De bibliotheekbus trouwens is er voor de kinderen, net

als de aanlegsteiger en het braakliggende terrein achter de benzinepomp. Voor de mannen is er de Oranje-vereniging, de kerk en het klaverjassen in het café bij de brug. Voor de vrouwen zijn er hoofdzakelijk de slippers. Die behoren goed te veren als ze nieuw zijn, en de enkels royaal met nylon schuim te omspoelen. Na een week of vier heeft het opspattend vet van uitgebakken spek daaraan een einde gemaakt. Maar dan is men over elf maanden alweer jarig. Wat zou je je druk maken? Sedert de steenfabriek is gesaneerd, is er niet veel meer om je over op te winden. Voort stroomt dag in dag uit de rivier, zonder dat de mensen er bijzonder veel van houden. Ze zijn geen vissers, ze zijn geen steenbakkers meer, en gegeven tot innige gevoelens over de natuur waren ze toch al niet. Ze herkennen een schaap of een groene kool als ze er een zien, maar ze zijn geen boeren of tuinbouwers. Ze hebben een fijn oor voor het rinkelen van een kassa, maar het zijn geen zakenlui. De loop der geschiedenis heeft hun gemeenschap ontdaan van zijn belang, het is een naamloze plek als willekeurig welke andere geworden, maar de bewoners zijn daar niet uitgesproken rouwig om. Zij kunnen best zonder drukte of gedoe. Ze leven hun leven, ze dromen hun dromen, ze proberen fatsoenlijk en gelukkig te zijn. Soms denken ze verhit: Satan, ga achter mij! Want ze hebben zeker weet van duistere verleidingen, maar woensdag is en blijft uiteindelijk gehaktdag. En op zondag flaneren de slippers wat, half schuldig, al is de zondag nu eenmaal bestemd om te rusten. Alleen in Het Hemelse Gerecht wordt dan gewoon doorgewerkt. Maar wie, behalve een enkele kniesoor met een hang naar vroeger, zal daarover vallen? Ze eten toch praktisch allemaal van Het Hemelse Gerecht? Het restaurant is een zegen voor de plaatselijke middenstand.

Ange schenkt drie glazen cognac in en neemt die mee naar voren. Pas als ze door de klapdeur de eetzaal binnenkomt en ze hoe heet die man bij de schouw ziet zitten, beseft ze dat het vrijdag is.

'Dag Ange,' zegt de huisarts, verheugd naar een vierde stoel reikend, 'een compliment voor je cannelloni.'

'Dank je,' antwoordt Ange weinig toeschietelijk. Ze neemt plaats op de aangeschoven stoel, een beetje buiten de kring, en staart in de vlammen. Hoe Gilles en Irthe het opbrengen, iedere week. Elke vrijdagavond weer die oude zot met zijn zelfgenoegzame verhalen en zijn beduimelde brillenglazen. 'Drink je zelf niets, meisje?' vraagt hij met zijn krakende stem.

Zonder een woord staat Gilles op en haalt nog een glas cognac. Ange weet hoezeer haar stuurse gedrag hem stoort. Maar haar hindert ook weleens iets. De houding van die kwakzalver, die zich gedraagt alsof hij het hun kwalijk neemt dat ze op andere avonden vreemden aan zijn vaste tafeltje zetten – alleen omdat hij zo ongeveer de enige in het dorp is die zich nog een maaltijd in Het Hemelse Gerecht kan veroorloven.

'Daar ga je, Henri,' zegt Gilles hartelijk, terwijl hij zijn glas heft.

'Op onze kokkin,' antwoordt de dokter, 'en op een heuglijke maaltijd.'

Landerig maakt Ange een toastend gebaar. 'Zeg,' komt haar zuster tussenbeide, 'voel je misschien iets voor raapstelen? Die zijn er nu in overvloed.'

'Moet dat op dit moment?' vraagt Gilles. 'Kan dat niet tot morgen wachten?'

'Aan het einde van de dag je werk even van je af zetten, hoor,' valt Henri hem bij. Voldaan slaat hij zijn ene knie over de andere, zodat zijn been bleek te voorschijn piept tussen sok en broekspijp. Waarom dragen oude vrijgezellen toch altijd te korte sokken?

'Ach Henri! Van hard werken blijf je toch gezond?' veronderstelt Irthe, terwijl ze een sigaret opsteekt.

'Wij althans,' mompelt Ange. Ze wuift de rook weg.

'Sorry,' zegt Irthe.

'Maar de boog kan niet altijd gespannen zijn,' vervolgt de

oude man op filosofische toon. 'Een mens moet ook kunnen luieren en lanterfanten. Wanneer zijn jullie nou eigenlijk voor het laatst op vakantie geweest?'

'In elk geval niet zolang ik hier nu werk,' zegt Gilles terwijl hij zich van Irthes sigaretten bedient.

De dokter heft zijn handen ten hemel. 'Jullie zouden het toch wat meer moeten uitbuiten dat je zulk betrouwbaar personeel hebt.'

'Ja, want je zit zó weer zonder,' zegt Irthe opgewekt. Ze werpt Ange een vrolijke blik toe.

'Of anders,' oppert Henri, die niet van ophouden weet, 'moeten jullie een voorbeeld aan je personeel nemen. Voor jou is het toch ook de eerste keer in al die jaren dat je er eens tussenuit gaat, jongen? Je zult wel heel wat vakantie hebben opgespaard.'

'Kom, we nemen er nog een,' zegt Gilles. 'Jij ook, Henri?'

Ange kijkt hem verbaasd aan. 'En waar gaat de reis naar toe?'

Het ontkurken van de nieuwe fles neemt hem volkomen in beslag. Zodra hij de glazen heeft gevuld, brengt hij het zijne meteen naar zijn mond. Zijn mooie, hartvormige bovenlip stulpt over de rand. Hij neemt een slok. Dan zegt hij ontwijkend: 'Het is nog maar een idee.'

'Ik dacht dat je het al definitief had besloten,' merkt Henri op. Opnieuw kijkt Ange naar haar man. Ze kan niets ongewoons aan hem bespeuren. Meteen gaat haar een licht op. Arme Gilles! Wat zal hij de dampen in hebben dat die oude piskijker zijn verrassing heeft bedorven.

'Je bent nog jong,' doceert de dokter geanimeerd. 'Als je nog eens een keer hertrouwt, Gilles, is de tijd van de wilde uitstapjes meteen voorbij. En meisjes, ik zei direct tegen hem: zolang jij weg bent, houd ik hier wel een oogje in het zeil.'

'Ja ja,' zegt Ange. Alsof zij die wandelende maag niet doorziet. Het liefst zou hij hier zijn intrek nemen. En zij maar haar onvergetelijke sauzen voor hem koken.

Haar zuster legt een hand op haar arm en knijpt er zachtjes in. Dan wendt ze zich tot Gilles. 'Je hebt,' zegt ze plagerig, 'toch wel secuur nagekeken op hoeveel vrije dagen je recht hebt, volgens je CAO?' Haar ogen glinsteren. Dit is precies het soort situatie waarvoor Irthe eens goed gaat zitten. Ange denkt: ik zou ook wat meer moeten lachen.

'Ik zal het nakijken,' zegt Gilles afgemeten.

'Dat we geen gedonder met de bond krijgen,' vervolgt Irthe bezorgd. 'Hè, Ange? Dat willen we niet. Henri is onze getuige.'

'Je hoort het,' zegt Gilles. Hij grijnst geforceerd naar de dokter, die raspend lacht. Dat fossiel, denkt Ange, moest eens weten waarvan hij al bijna vijf jaar lang getuige is. Maar al zouden ze onder zijn ogen copuleren als beesten, hij zou niets ongewoons opmerken. Hij is louter van zichzelf vervuld. Hoe kan hij zich anders ook als een soort familielid beschouwen, een onmisbaar onderdeel van het leven in Het Hemelse Gerecht?

'Gilles,' vraagt haar zuster innig, 'zul jij het wel helemaal alleen redden hier, als Ange en ik straks aan de beurt zijn om op stap te gaan?'

'Je kent zijn onovertroffen gâteaux toch?' antwoordt Ange voor hem. Irthes plaagzucht kan heel aanstekelijk zijn.

'Nou dames, dat is dan geregeld,' zegt haar man. Zijn toon is verkeerd, hij is veel te zachtmoedig, hij zou het niet kunnen verdragen als je dacht dat hij het meende. Meteen voelt Ange zich schuldig. En nu moet ze hem straks nog teleurstellen ook: ze piekert er niet over om te sluiten. Hij zal iets anders moeten verzinnen om hun eerste lustrum te vieren. 'Zullen we dit verder onder ons bespreken?' vraagt ze dringend.

De dokter maakt met een oude hand vol levervlekken zijn sigaar uit. Soms laat hij die hand kraken. Ook zijn knieën maken knarsende geruchten. Uit zijn ingewanden stijgt dikwijls een dof geborrel op. En toch maar gewoon doorgaan met praktiseren, alsof hij niet weet wat hij anders met zijn leven moest aanvangen. 'Het wordt mijn tijd,' zegt hij, terwijl hij de as van zijn broek slaat.

'Welnee. We spelen eerst nog een partijtje schaak,' beslist Gilles. Rustig staat hij op, legt in het passeren een ogenblik zijn hand op Henri's schouder en keert even later terug met het bord en de stukken.

Ange bijt op haar lippen. Gilles en zijn spreekwoordelijke goeiigheid! Was hij er maar niet altijd op uit om het iedereen naar de zin te maken. En dat schaken elke week is wel bijzonder overdreven. Hij houdt er helemaal niet van. Hij komt er alleen maar mee op de proppen omdat die pillendraaier ooit heeft gezegd zo te genieten van wat hij hun intellectueel verkeer noemt. En zoals haar man dat spel meespeelt! In een onaangename flits denkt Ange: Gilles kun je krijgen voor elke maskerade, hij is wie men wil dat hij zal zijn.

Verward trekt ze haar benen onder zich en slaat haar rok om haar knieën. Ze lijkt trouwens wel gek om het altijd meteen voor hem op te willen nemen als Irthe hem een beetje op z'n kop zit. Die jaagt hem immers alleen maar op stang om het vannacht weer goed te kunnen maken.

De volgende ochtend leunt de hemel zwaar op het drassige land. Lage wolken hangen vlak boven de rivier, en het licht heeft de kleur van slappe thee. Na een blik op de wekker schiet Irthe haastig in haar kleren. Gilles heeft de neiging je altijd nog een halfuurtje te laten liggen.

Beneden vindt ze alleen Ange in de keuken, die in gedachten verzonken voor het keukenraam staat, turend in de ochtendmist. Tot zover het oog reikt strekt zich grijs water uit, dof als de achterkant van het zilverpapier dat Irthe spaart en bewaart, omdat zij dat soort dingen nu eenmaal spaart en bewaart. Als ze naast Ange voor het raam gaat staan, voelt ze de arm van haar zuster om haar middel glijden. Ze drukt haar voorhoofd tegen de ruit en spert haar ogen open.

'Tja,' zegt Ange na een lange stilte, 'nu hebben we inderdaad een probleem.'

Irthe maakt zich los uit haar greep. Ze draait zich om. Ze loopt naar het aanrecht om zichzelf koffie in te schenken en een boterham te smeren. 'Waar hangt Gilles trouwens uit?'

'Irthe,' zegt haar zuster, terwijl ze op de vensterbank gaat zitten en met haar vinger tegen de ruit tikt: 'Ik heb het over je museum. Je hebt een overstroming, kind.'

'Hou op, Ange,' mompelt Irthe. Ze schokschoudert ongeduldig. Ze heeft toch wel voor hetere vuren gestaan? Het bewijs daarvan bevindt zich rondom haar. Waar ze maar kijkt! Haar leven lang weet ze al ijzer met handen te breken. Ze hoeft alleen maar te denken aan de staat waarin ze deze keuken aantroffen toen ze destijds de oude, bouwvallige uitspanning aan de rivier kochten. Er was niet eens een afzuigkap, en Ange, die nu elke paar jaar over alweer een nieuwe oven droomt, kookte op vier lorrige pitten. De kasten waren van kakkerlakken vergeven, en tussen de naden van het linoleum stond schimmel. Maar Ange en zij slaagden erin alles hun wil op te leggen: het ongedierte week, er verschenen nieuwe raamsponningen, in bakken op het terras bloeiden helianthemums en lobelia's, de rokerige gelagkamer werd getransformeerd tot een elegant restaurant. Elke dag kwam er iets nieuws tot stand, iets wat er niet was geweest als het niet door hun hand was gewrocht. Irthe herinnert zich de splinters en blaren, en de geur van vers geplukte appels, natte gymschoenen, fines herbes en verstervend gevogelte, ze herinnert zich de eerste mist boven de rivier, de eerste fijnbestoven flessen oude wijn, en het onbenoembare geluid van trage rijnaken. Alles wat er voordien was geweest, werd daardoor uitgewist. En er kwam geen einde aan. Ze vervingen de oude Aga, ze verlaagden het plafond, ze rooiden de brandnetels, ze versloegen opnieuw de kakkerlakken. Op de een of andere manier straalden al die verbeteringen ten slotte ook af op hun omgeving: na een tijdje haalden de mannen uit het dorp niet langer alleen maar zwijgend hun broek op als de zusters

passeerden, en hun vrouwen keken niet meer alsof hun huts-
pot met suddervlees op het spel stond. Waarschijnlijk deed
het de mannen deugd dat Ange en zij niet langer in een over-
all op ladders stonden en zich eindelijk overgaven aan meer
geëigende bezigheden in de keuken, waarschijnlijk deed het
de vrouwen genoegen zich ook eens te kunnen laten bedienen. Uit eten bij de juffrouwen! Die uitdrukking is overgenomen door de huidige gasten, die het een kostelijke term vinden, echt iets voor in de provincie. Bij de juffrouwen, zo gaat
het grapje, kan men alleen een tafel krijgen als men bereid is
zijn huis te verkopen. Dat alles, denkt Irthe, hebben we tot
stand gebracht, dat alles en nog veel meer.

'Moet je nou zien,' roept Ange ineens bij het raam. 'Daar
roeit iemand onze tuin in. Dinges. Hoe heet hij.'

Buiten doemt in het grauwe licht een bootje op met een
donkere gestalte, die met veel misbaar de riemen hanteert.
Daar heb je de lamenterende postbode. Hij heft mistroostig
zijn hand en zwaait. Bij de rozenborder loopt hij aan de grond.

Gisteren, denkt Irthe afgeleid, hadden we nog narcissen
en forsythia. Er zullen bloemen besteld moeten worden, anders is er niets voor op de tafels. Zo bestaat het hele leven,
dwars door alles heen, uit dringende trivialiteiten.

'Ik zal even verse koffie voor hem zetten,' mompelt ze,
terwijl ze de laatste hap brood naar binnen werkt.

In zijn oliepak komt Bartels de keuken in. 'Houdt dat pest-
weer dan nooit op?' klaagt hij bij wijze van begroeting, en
hij gaat tegen de keukentafel staan leunen, alsof iemand
hem toch ooit een stoel zal aanbieden. Hij is een nog jonge
man met het forse postuur van de streek en een alledaags
gezicht dat prettig zou zijn als het niet werd ontsierd door
een paar grote wratten.

'Alles goed thuis?' vraagt Irthe met belangstelling.

'Nee, de gordelroos speelt weer op. En de kleine is met
haar tanden door haar lip gevallen. Een heel stuk eruit, uit
die tand. En als het nou een jongen was?'

'Och, het is toch maar haar melkgebit?'

'Evenzogoed is het geen gezicht.' Bartels erkent geen geluk bij een ongeluk; men dient elke vorm van misère onverdund te ondergaan om daarvoor in het leven hierna beloond te worden.

'En vaar je nou al de hele ochtend rond?' vraagt Ange ongewoon geïnteresseerd.

'Nee, want bij ons zit iedereen immers droog achter de dijk. Alleen jullie zijn ondergelopen. En ik wou toch even de rivier op, om de toestand te inspecteren.'

'Koffie?' vraagt Irthe.

'Vooruit dan maar,' verzucht Bartels. 'Maar zitten jullie niet in je rats? Het weerbericht belooft niet veel goeds.'

'Het lijkt mij momenteel droog,' zegt Irthe snel.

'Ja, maar dat blijft het niet,' weet de postbode stellig. 'We zeiden vanochtend nog tegen elkaar: als dat maar goed gaat, met Het Hemelse Gerecht. Ze hebben altijd zo hard gewerkt, je moet er niet aan denken dat er wat gebeurt met hun mooie spul. Iedereen had het erover.'

'Dat jullie zo met ons begaan zijn,' zegt Irthe werktuiglijk. Ze houdt niet van omstandigheden die de grenzen tussen medeleven en leedvermaak diffuus maken. Ze is zich ervan bewust met hoeveel vaart en verve Ange en zij zich van hun buren hebben weggekookt. Altijd is er in haar achterhoofd de gedachte dat zij hier de wankele positie van buitenstaanders innemen, en Irthe houdt niet van wankele posities.

Is Gilles dus niet de perfecte trait-d'union?

'Gilles zal snel maatregelen tegen het water moeten treffen,' zegt Bartels.

'Hij is al op pad,' verklaart Ange kortaf. Irthe kan aan haar gezicht zien dat het bezoek van de postbode wat haar zuster betreft wel weer eens afgerond mag worden.

'Wat hoor ik vanochtend nou van Henri?' herneemt Bartels evenwel. 'Gaat Gilles een paar weken op stap?'

'We hebben het allemaal weleens over vakantie, Wim,' zegt Irthe lachend.

'O, op zo'n manier. Ik dacht al: dat is vast nog niet rond. Jullie kunnen Gilles toch zeker helemaal niet missen.'

'Wat je zegt,' antwoordt Irthe. Nooit een kans laten lopen om dat te benadrukken. Er waren destijds heel plezierige, waarderende geluiden te horen toen Het Hemelse Gerecht Gilles in dienst nam. Precies op het goede moment hadden ze die vacature: juist toen hij naar zijn geboorteplaats terugkeerde. Het deed de mensen genoegen dat hij meteen als keukenhulp aan de slag kon, na het mislukken van zijn huwelijk met die kakmadam uit de stad.

'Krijgen we onze post eigenlijk nog, of kwam je ons alleen van ons werk afhouden?' vraagt haar zuster. Het scheelt weinig of ze maakt er een wegwerpend gebaar bij.

'God Ange, we hebben de hele dag nog,' sust Irthe automatisch.

'Maar ik krijg vanavond vijfentwintig gasten.'

'O, ze heeft het weer,' zegt Irthe tegen de postbode. 'Die wil de zweep er weer overheen leggen.'

'Je hebt anders zó een maagzweer,' waarschuwt Bartels.

'Ja, of anders wel een hartverlamming, Wim.'

De postbode snuift. Met Irthe kun je tenminste lachen. Hij opent zijn tas en geeft haar een stapeltje enveloppen.

'Wat ik me net bedenk,' zegt Irthe tegen Ange, 'is dat we ergens verse bloemen vandaan zullen moeten halen.'

'Ik ga toch op huis aan,' kondigt Bartels aan. 'Je kunt gerust even meevaren naar het dorp.'

Ze wendt haar blik af van zijn oneffen huid. Op precies dezelfde toon inviteerde hij haar vroeger altijd om bij hem achterop te springen. Zijn posttassen liet hij dan expres op de bagagedrager zitten, kon ze daar haar benen in steken, bleven die lekker warm: Wim Bartels op vrijersvoeten.

Maar waarover wij vroeger ook droomden als we over de liefde droomden: niet over postbode Bartels! Noch over de jonge slager Van de Wetering, die in een wolk van aftershave zijn bestellingen bij het nieuwe restaurant kwam afleveren. Noch over al die anderen die in die eerste jaren een poging waagden. 'Irthe, je hebt weer een hart gebroken.'

Pech gehad! Mannenharten zat! En die gaan heus niet zo gauw kapot, daar sla je niet zo gemakkelijk een barst in, daarvoor zijn sterkere middelen nodig dan een paar mooie blauwe ogen, dat weten we al vanaf dat jij vier was en ik twee, en hij ons hongerig liet toekijken terwijl hij zijn bief-stuk at. Zou je hart er niet van breken? Het zijne niet. Om een hart van dat soort aan diggelen te krijgen, moet je al je vernuft inzetten. Maar voor alles is een oplossing. Hoe oud waren we helemaal, jij en ik, toen jij je inval kreeg, Ange? 'Een dronken man stapt gemakkelijk mis.'

'Je kunt wel stellen dat wij altijd de gave hebben bezeten een uitweg te vinden. Wij zijn de smid van ons eigen lot, sa-men zijn wij sterk. Alleen, waarover moesten wij in 's he-melsnaam dromen als we over de liefde droomden? Het is al een wonder dat we in het bestaan ervan geloofden! De prak-tijk ervan was ons immers even onbekend als de geuren en de smaken van de schotels waarmee we Het Diner speelden. Maar elders aten mensen al die lekkernijen, dat bewezen de uitgeknipte plaatjes in onze doos, en met de liefde zou het al niet anders zijn.

En hebben we niet gelijk gekregen? Het was alleen maar een kwestie van geduld om een hart te vinden met plaats voor twee. En zonder ons blijken de oude aanbidders uitein-delijk ook goed af te zijn, we hoeven ons niet schuldig te voelen. Ze zijn gelukkig getrouwd. Ze hebben echtgenotes gevonden die precies bij hen passen. Wat had Wim Bartels nu gehad aan een vrouw zonder gordelroos? Zij heeft zijn vooruitzicht op het hiernamaals aanmerkelijk verbeterd: soms kan zij van de pijn niet eens koken. Dan moet hij, na een zware dag in weer en wind, zelf kijken of er nog iets eet-baars in de ijskast ligt voor hem en zijn kleine meid. Maar gelukkig benut zij van Bartels elk moment dat zij zich goed voelt om boodschappen te doen. In het dorp zeggen ze vaak tegen haar: 'Maar je was hier vanochtend nog om eieren.' En toch koopt ze dan weer een dozijn. Voor een vrouw die zich verder geen onzin in haar hoofd haalt, is er niets dat zoveel gevoel van veiligheid verschaft als een uitpuilende ijskast.

Met een rooie kop zit de postbode zich aan de riemen uit te sloven. Het lijkt Ange het beste zijn zichtbare inspanning maar te negeren. Tevergeefs speurt ze naar vertrouwde oriëntatiepunten op de oever, zoals hekken, schuren en wilgenbosjes. Na een paar honderd meter varen is het perspectief zo vertekend dat ze zou zweren dat het water al tot aan de dorpel van Het Hemelse Gerecht staat. Men had hen bij de aankoop weleens mogen waarschuwen voor dit soort waterstanden. Of waren ze toen toch te opgetogen om daarop acht te slaan? Eindelijk meerderjarig! Eindelijk toegang tot het geld!

'Wij zouden eigenlijk ook weer eens een bootje moeten nemen,' zegt haar zuster enthousiast. 'Wie woont er nou aan het water zonder ook maar iets van een vaartuig! Weet je nog, die kano's, die we vroeger hadden?'

Ze wisselen een blik: toen hadden we Gilles nog niet.

'Leuk was dat,' vervolgt Irthe dromerig. 'En dat we thermosflessen thee meenamen.'

'Thee uit een thermos is eigenlijk een doodzonde,' zegt Ange verstrooid. Ze kijkt opnieuw over haar schouder terwijl om haar heen het water lispelende geluiden maakt, alsof er een kosmische spijsvertering aan het werk is. Nu lijkt het alsof het dak los ronddrijft, gelijk de ark na de zondvloed. Ze probeert zich hun zolder vol kamelen en kraanvogels voor te stellen, de zolder die ze voor Gilles hadden willen vertimmeren toen hij bij hen kwam werken. Hij zou er een mooi appartement met veel privacy aan hebben gehad, want de etage waar de zusters slapen wordt van de zolder gescheiden door nog een verdieping, die als opslagruimte wordt gebruikt. In zo'n groot oud huis heb je bijna onbe-

perkt de ruimte. Ze zouden hem alleen op de trap zijn te-
gengekomen. Goedemorgen, Gilles. Welterusten, Gilles.
Meteen vraagt ze zich af of hij, als hij al naar huis is terugge-
keerd, wel op de gedachte komt om vast aan de brioches
voor vanavond te beginnen. Ze heeft er spijt van zich door
Irthe te hebben laten meetronen. Wat kan haar de wereld
schelen? Die is groot en onoverzichtelijk; er is in feite maar
één ding waarvan je zeker kunt zijn: dat de mensen moeten
eten.

'Kijk nou,' merkt de postbode plotseling op, terwijl hij de
riemen laat rusten.

'Je krijgt toch geen blaren, Bertels?' vraagt Ange koel.

'Bartels,' souffleert Irthe.

'Kijk daar,' wijst hij nog eens. Aan stuurboord dobbert
het kadaver van een rat voorbij. Ange schrikt zo van die onverwachte aanblik dat de opgezwollen buik haar zo groot
toeschijnt als een kokosnoot en de staart de proporties van
een scheepstros aanneemt.

'Nou,' zegt haar zuster, 'die heeft iets lelijks onder de leden
gehad.'

'Ja, dat krijg je,' zegt de postbode even somber als raadsel-
achtig. Hij begint weer te roeien.

Ange huivert. Ze slaat haar kraag op. Het lijkt plotseling
lichtjaren geleden dat de zon scheen en Irthe en zij hier zor-
geloos rondpeddelden. Zelfs je eigen stem klonk toen anders over het water. Zo breed als de rivier vandaag onder de
lage hemel ligt – je voelt je meteen nietig.

Als ze aanleggen bij de steiger van het dorp, begint het
hard te regenen. Gelaten volgt Ange haar zuster, die natuurlijk weer allerlei extra boodschappen heeft weten te verzinnen. In het kledingmagazijn, waar meteen mooi een paar
nieuwe schorten kunnen worden opgehaald, drentelt ze on-
gedurig tussen de rekken rond terwijl Irthe bij de toonbank
een praatje maakt. Ze had allang met de quiche honfleuraise
voor het bruiloftsmaal bezig moeten zijn.

'Waar kijk je naar? Wil je zo'n sweater?' roept Irthe. Ange

merkt nu pas dat ze gedachteloos een kledingstuk heeft gepakt, en snel hangt ze het terug. 'Welnee. Ik heb niets nodig.'

'Dat zeg je altijd. Koop dat ding nou. Dat blauw is precies jouw kleur.'

'Ik heb Gilles z'n overhemden gisteren trouwens binnengekregen,' deelt de vrouw achter de toonbank mee. 'Hij heeft ze al betaald, dus die kunnen jullie ook meenemen.'

'Ja, best,' zegt Irthe. 'Ange, pas die trui nou even. Je zat net te rillen in die boot.'

Ange haalt de sweater van het hangertje. Hij is vast veel te warm voor in de keuken. Maar dat korenblauw is inderdaad erg aardig. Ze verdwijnt ermee achter het gordijn van de paskamer. In de winkel hoort ze Irthe verder babbelen. Irthe gelooft in sociaal verkeer. Ze gaat op kraamvisite met pasteitjes of botervlinders, ze drinkt regelmatig een pilsje in de kroeg bij de brug, ze kent alle namen in elk huisgezin, inclusief die van de hond, en ieder voorjaar geeft ze een groot tuinfeest voor het hele dorp.

Met samengeknepen ogen bekijkt Ange haar spiegelbeeld, terwijl achter het gordijn Irthes vrolijke stem klinkt: 'Wat een mooi ruitje is dat, zeg. Dat heeft hij nou eens goed uitgekozen.'

'Ja, mijn dochter heeft hem geadviseerd. Wat heeft zo'n man alleen daar toch altijd een moeite mee, hè? Hij was nogal in z'n sas met haar keuze. Echt een overhemd, zei hij, om te dragen tijdens een etentje met een behulpzame jongedame. Wanneer is zijn vrije avond ook alweer?'

''s Maandags. Dan zijn we immers gesloten.'

Nou, dan zal ik tegen haar zeggen dat ze voor aanstaande maandag vast wel een uitnodiging kan verwachten. Hij leek er tenminste nogal op gebrand.'

Ange hoort Irthes voetstappen naderen. Het gordijn zwiert open.

'Wat sta je nou te treuzelen? Past dat ding?'

'Wat denk jij?' Ange plukt aan de mouwen. Het schijnt haar vaak toe dat er iets aan kleren verandert zodra ze die over haar hoofd trekt. Of misschien is er iets mis met de verhoudingen van haar lichaam, ze vindt zichzelf ineens zo breed, met van die veel te korte ledematen.

'Sla die boorden eens om,' zegt Irthe ongeduldig. Ze trekt aan de schoudernaden, waardoor de halsopening ineens anders valt. Met vlugge vingers verschikt ze iets aan Anges haar.

'Ja,' zegt Ange, met een blik in de spiegel. 'Ik geloof verdomd dat ik hem neem.'

Als ze even later met hun pakjes naar buiten stappen, komt de bestelwagen van Van de Wetering juist langs. De slager stopt en draait het raam open: 'Willen jullie een lift? Ik was net met mijn leverantie op weg naar jullie.'

'Ja, graag, Kees,' zegt Irthe. 'Als je het niet bezwaarlijk vindt om even te stoppen bij de benzinepomp, want daar moet ik nog bloemen halen.'

Een verwensing verbijtend stapt ook Ange in. Vanaf het allereerste moment heeft die vent haar wantrouwen gewekt door in niets op een slager te lijken: hij is een ondermaatse, nerveuze man met opmerkelijk kleine handen en voeten en nergens spek. En onweerlegbaar is ook gebleken dat hij zijn vleesbijl met weinig talent hanteert. Gek dat Irthe altijd vindt dat Ange geen enkele mensenkennis bezit. Ange bekijkt haar zuster van terzijde. Niks voor haar trouwens, om niet gezellig met die hansworst te zitten kletsen. Ze piekert natuurlijk weer over haar museum. Ange klopt haar even op de knie.

'Wat?' vraagt Irthe, uit haar gedachten opschrikkend.

'We vinden er wel wat op, kind,' zegt Ange troostend. Aspic – ze moet niet vergeten dat ze extra aspic nodig heeft.

Gilles heeft het over niets anders dan over de zandzakken die hij heeft besteld en die vanmiddag zullen worden afgeleverd. Er hangt bepaald iets van opwinding en avontuur om hem heen. Wat is dat toch met mannen, denkt Irthe korzelig, dat ze zo opleven bij de gedachte aan rampen en gevaren? Een crisis van het juiste soort doet hun beslist goed. Monter stropen ze hun mouwen op om uiteindelijk met gedecideerde stem te kunnen roepen: 'Alles onder controle, mensen.'

'Hier zijn je overhemden,' valt ze hem in de rede. Ze overhandigt hem zijn pakje.

'O, dank je,' zegt hij.

'Wat ben jij briljant geadviseerd, jongen.'

Gilles' gepreoccupeerde blik verdwijnt. Hij strijkt met welbehagen door zijn dikke haar. Hij zegt: 'Ja, daar zal ik gauw iets tegenover moeten stellen.'

'Heel attent,' vindt Irthe. Ze gaat aan de keukentafel zitten en volgt met haar vinger een nerf in het beukenhouten blad. 'Bijzonder attent, zelfs.'

'Heb jij die truffels nou nog meegenomen, Gilles?' onderbreekt haar zuster. Aan haar zul je ook nooit eens steun hebben! Die staat alweer demonstratief meel af te wegen: de brioches komen niet vanzelf uit de oven, hoor, en geen zandzak zal behulpzaam zijn bij de voorbereidingen voor vanavond.

'Ja, die liggen in de koeling,' antwoordt Gilles. Hij schudt meewarig zijn hoofd. 'Je bent nog niet binnen of je zit alweer onder het meel, Ange.'

'We hebben een groot diner, schat,' zegt Ange. 'Irthe, wil jij dat deeg even voor me afmaken?'

Zwijgend komt Irthe overeind. Ze bepoedert haar handen met bloem en begint te kneden. Misschien kan hij vanavond al zo'n overhemd aan, om er in het restaurant mee rond te paraderen. Ze slaat het deeg plat, vouwt het dubbel en kneedt het nogmaals. Dan trekt ze er keurend een draad aan en bekijkt hoe die spant en rekt en uiteindelijk breekt.

'O wacht, het nieuws,' mompelt Gilles. Hij zet de radio aan, net op tijd voor het weerbericht. Als Irthe van haar werk opkijkt, staat hij met de armen over elkaar geslagen midden in de keuken te luisteren. Ook Ange heeft haar pannen in de steek gelaten, en leunt tegen het aanrecht – een vreemd gezicht: Ange die niets staat te doen. Nadat de nieuwslezer is uitgesproken, kijken ze elkaar aan. Irthes hart is gaan bonzen. Onzeker zegt ze: 'Als die lui zich vanavond maar niet laten afschrikken door zulk noodweer.'

'Het belangrijkste is dat we straks tenminste optimaal beveiligd zijn,' meent Gilles. Hij pakt zijn overhemden en verlaat met het air van iemand die veel aan zijn hoofd heeft de keuken door de deur naar het trapportaal. Opgeblazen zandzak, denkt Irthe.

'Ik ga aspic maken,' zegt haar zuster na een ogenblik, en het klinkt als een bezwering: bij naderend onheil make men aspic. Als zij naar de bijkeuken is verdwenen, wordt Irthe op slag door een grote onrust bevangen, alsof er ergens geschreven staat dat tenminste één van hen zich hier in de keuken op de elementen moet bezinnen om een ramp te voorkomen. Maar er zal niets gebeuren, denkt ze, wat kan er nou helemaal gebeuren? Het water staat pas achter in de tuin! Resoluut zet ze het deeg weg. Het hele restaurant moet nog in gereedheid gebracht worden.

Ze werpt een blik door de klapdeur. Schoon tafellinnen om te beginnen. Al die trappen weer op, naar de als magazijn gebruikte verdieping boven de slaapkamers. Vaak ergert het Irthe dat alle ruimten achter de schermen zo verveloos en verwaarloosd zijn, maar daardoor heeft ze, terwijl ze over de afgesleten trap naar boven gaat, nu wel overal ongeverfd hout binnen handbereik. Baat het niet, dan schaadt het ook niet, denkt ze half gegeneerd, terwijl ze driemaal op een trede klopt.

Om op de tweede etage servetten en tafellakens uit de kast te kunnen pakken, moet ze zich langs een oude strijkmachine en een verzameling defecte schemerlampjes wringen. Nooit is er tijd om hier eens op te ruimen – maar dan nog zouden Ange en zij het vast niet over hun hart kunnen verkrijgen om de kapotte spullen uit hun begintijd weg te gooien. Irthe raapt een verdwaald boek van de grond en legt het op de strijkmachine. Er is geen beginnen aan.

Als ze met het linnengoed in haar armen over de overloop loopt, hoort ze beneden ineens Gilles fluiten. Zachtjes gaat ze de trap af. Op de eerste etage duwt ze de kierende deur van Anges slaapkamer open.

Voor de spiegel van Anges ouderwetse kaptafel staat hij een van zijn nieuwe overhemden te passen. Taxerend bekijkt hij zichzelf van alle kanten. Irthe ziet dat hij zijn maag inhoudt. 'Lukt het?' vraagt ze geringschattend.

'Ja, wat vind je? Kan deze das erbij?'

'Niet mis, hoor.'

'Of moet de bovenste knoop open, en verder niks?'

'Wat kan het je schelen, voor zo'n trut in een lurex japonnetje?'

'Vooruit,' zegt Gilles, 'er is geen enkele reden om zo flauw te doen.'

Irthe verbijt zich omdat hij gelijk heeft. Gilles heeft altijd gelijk; zou je hem opensnijden dan trof je niets dan redelijkheid aan. Er valt met goed fatsoen nooit iets tegen hem in te brengen.

'Maar je zou je misschien met wat minder enthousiasme van je zware taak kunnen kwijten,' zegt ze nors.

'Ik pas alleen maar een overhemd, meisje.'

'Het is je te klein. Je ziet eruit als een opgestopte worst,' snauwt ze. Bruusk draait ze zich om en bonkt de haveloze trap af. Alsof het voor hem zo'n straf is dat de schijn nu eenmaal moet worden opgehouden. Er zijn niet veel vrijgezellen in de omgeving; de meeste meisjes en hun moeders betreuren het enorm dat Gilles altijd net moet werken op uren die nu juist geknipt zijn voor heel andere bezigheden. Laat hij nou eens gewoon bekennen dat het zijn ijdelheid streelt. Gilles, de droomprins van de winkeliersdochters, de casanova van de dorpsstraat. Ontstemd gaat Irthe het restaurant in en knipt de verlichting aan. Ze dekt de tafels. Ze wrijft het kristal. Ze schikt smaakvolle bloemstukken. Ze ververst het zand van de kooi waarin de parkieten uit alle macht boven de regen uit tierelieren. En hoe onbillijker je wordt, des te geduldiger en onverstoorbaarder treedt hij je tegemoet. Die slikt liever zijn tong in dan je lik op stuk te geven. Als er maar geen harde noten gekraakt hoeven te worden. Als er maar geen onvertogen woord valt. Nee, dan heb je geen kind aan die man. Met een bons zet ze de laatste vaas op tafel.

'O,' zegt Gilles in de deuropening, 'ben je hier al klaar? Ik dacht dat ik misschien nog wat voor je kon doen.' Met een wat schaapachtige uitdrukking op zijn gezicht komt hij het restaurant in. Hij heeft zijn oude overhemd weer aangetrokken. Gilles past zich wel aan! Gilles is zo gemakkelijk. Hij kucht. 'Leuk,' zegt hij terwijl hij naar de bloemstukken knikt, 'met die seringen er zo tussen.'

Irthe doet een stap naar achteren en bekijkt haar arrangementen. Dan haalt ze de seringentakken een voor een uit de vazen en breekt ze doormidden.

Zelfs in de bijkeuken kan Ange haar zusters stem horen uitschieten. En dat terwijl er nog niet eens een begin is gemaakt aan het bereiden van het dessert. Al over enkele uren vangt het diner voor de zilveren-bruiloftsgasten aan (salade de truffes blanches, soupe fausse tortue, quiche honfleuraise, filets de sole aux fines herbes en croûte à la belle aurore) dat enige uren later weer afgelopen zal zijn, en dan gaat men naar bed en vervolgens staat men weer op, men eet, men slaapt, men eet, men slaapt, tussendoor vergaart men wat bezit en ten slotte gaat men dood. Ange gelooft niet dat er, zo bekeken, veel dingen zijn waarover men met enig recht en reden herrie schopt. Ze wil dat Irthe zich over de croûte à la belle aurore ontfermt.

Maar intimiteit neemt nu eenmaal tijd! Dus als Ange om de gemoederen te bedaren ten langen leste het restaurant binnen gaat, fileert Irthe net het vorige huwelijk van Gilles. Ze beent elk haar toevertrouwd geheim uit, elke confidentie, en serveert tot slot zijn dochtertje, de kleine Dixie, op een spijkerbedje van onverantwoordelijkheid, op smaak gebracht met achterstallige alimentatie. Al is het haar doorgaans een doorn in het oog dat Gilles een heel vorig leven bezit dat zich aan haar greep onttrekt, in momenten van nood heeft ze er houvast aan. Altijd zo vol deernis sniert Irthe, over hoe het Ange en haar als kinderen is vergaan, en zijn eigen kind vlak na de geboorte aan haar lot overlaten! Je stinkt, zegt Irthe.

Ange vraagt zich niet eens af wat de aanleiding van deze uitbarsting is: Irthes ruzies bezitten een merkwaardige, meanderende kwaliteit, je moet altijd maar afwachten wanneer het hoofdgerecht op tafel zal komen. Men kan soms zo moe worden van haar ongebreidelde temperament. 'Hé, jongens,' mompelt ze.

'Ja, zeg jij ook eens wat,' bijt haar zuster haar toe.

'Ange,' zegt Gilles hulpeloos.

Ange voelt zich als haar eigen deeg, ze trekken allebei aan haar, bekijken de draden: wel of niet de oven in. Zeg het maar, chef! Ange wil iets verzoenends zeggen, iets wat hen weer aaneen zal klinken. Dat ze aanstaande maandag eens een keer zelf uit eten zouden kunnen gaan, bijvoorbeeld. In hoe heet dat ding, verderop, waar ze een steengrill hebben. Modegril! Daarover zullen ze zich samen vrolijk kunnen maken, terwijl ze hun hamlapjes op de verhitte tegel vlijen en van de onmogelijke lawaaisauzen proeven. Irthe zal zeggen – alleen Irthe zal er de mop van inzien. Gilles zal excuses voor die schamele vertoning aanvoeren, hij zal het hebben over de ene portemonnee versus de andere, Gilles heeft zelf immers ook zijn alimentaties, zo hier en daar, of anders heeft hij daar misschien al zevenmaal zitten steengrillen met zo'n meisje uit het dorp met wie hij ter bescherming van hun aller reputatie weleens op stap gaat, zo'n onnozele stakker met een moeder die denkt dat er een begin aan de uitzet kan worden gemaakt zodra de knecht van Het Hemelse Gerecht haar dochter een blik waardig keurt: de meeste meisjes hebben nu eenmaal een moeder die op hun geluk toeziet. Irthe en zij hebben er een die zich heeft opgehangen.

Ange ademt in en ademt uit. Op de achtergrond hoort ze

Irthe voorbereidingen treffen om haar pot au feu op te dienen, ze heeft van die suikerzoete stembuigingen, ze kan elk moment meedogenloos te voorschijn treden met haar onverteerbare hoofdschotel. Verward denkt Ange: waarover windt ze zich nou toch zo op?

'Ange,' zegt Gilles andermaal, Gilles die denkt dat hen vanuit het donker nog altijd radeloze ogen aankijken, Gilles die natuurlijk vindt dat dat zo zou moeten zijn, want welke meisjes van vier en zes jaar oud verliezen hun moeder op die manier, hun geterroriseerde moeder, hun moeder die niet op kon tegen een echtgenoot met wie uiteindelijk pas haar dochters korte metten zouden maken – o, het is maar goed dat zelfs de intimiteit van de liefde niet toestaat dat je sommige dingen uitspreekt. Men denkt elkaar te kennen, maar hoe diep kun je ooit doordringen in het wezen van een ander?

We waren nog veel te jong om te begrijpen wat er was gebeurd, denkt Ange, en nu is het te lang geleden om haar nog te missen. Het hele drama heeft voornamelijk dit betekend: vanaf dat moment waren we op elkaar aangewezen.

'Nou, Ange,' eist haar zuster, 'je wordt de hele tijd aangeroepen. Of je alsjeblieft je oordeel wilt geven.'

Op de oprijlaan toetert een auto. 'De zandzakken,' zegt Gilles opgelucht, en haast zich naar buiten.

En is de avond niet weer een succes? In haar groene jurk loopt juffrouw Irthe af en aan met pommes dauphines en boterzachte jonge worteltjes. Ze ontkurkt nieuwe flessen wijn, brengt de filets de sole aux fines herbes naar binnen, en reageert niet op de grapjes van de zilveren bruidegom. Op momenten als deze komt hun bedrijf haar voor als een circus, en is zij de leeuw die door brandende hoepels springt.

In de keuken rukt ze Gilles de opgemaakte dessertborden uit de handen, er slaat er een rinkelend aan stukken op de vloer, ze sist: 'Dat trekken we wel af van je vakantiegeld!' en ze stormt het restaurant weer in om de croûte à la belle aurore op de tafels te smijten. Ze minacht hem omdat hij haar woede niet weet te keren, omdat hij haar buiten haar eigen oevers laat treden, omdat hij geen enkele controle over haar heeft.

Irthe serveert de koffie. Ze presenteert bonbons en sigaren. Terwijl ze de rekening klaarmaakt, voelt ze haar slapen koortsig kloppen. Door zijn toedoen is ze de hele avond onvriendelijk tegen iedereen geweest en hebben de gasten schichtig naar haar gekeken alsof ze dachten: die vrouw draagt het teken van het beest. Ze kan wel huilen omdat hij zoveel macht over haar heeft.

Met een beklemd gevoel werkt Ange zich 's ochtends onder Gilles' arm uit, die zwaar over haar borst ligt. Irthes buien kunnen dagen duren. Het vooruitzicht haar voortdurend te moeten ontzien, maakt Ange nu al humeurig, maar als oudste word je nou eenmaal geacht de wijste te zijn.

Als ze beneden komt, ziet ze dat het water al bijna tot aan de keukendeur staat. Met een onschuldig geritsel valt er een neveldunne regen neer. Heel in de verte beiert een kerkklok, een geluid dat anders alleen bij gunstige wind te horen is, maar dat nu over het wijde water wordt aangedragen. Er gaat iets geruststellends van uit: elders trekken mensen ter kerke om gebeden te zeggen waarvan ongelovigen kunnen meeprofiteren. Ze schrikt op als de deur opengaat en Irthe de keuken binnen slentert.

'Kalm aan maar,' zegt Irthe. 'Ik doe je niks.' Ze gaat aan de keukentafel zitten. Ze krabt omstandig aan haar kuit. Vervolgens strekt ze haar been en bekijkt het met studie: lang bloot been, met aan het uiteinde ervan een gewone houten klomp. Ze draagt een T-shirt met de opdruk: *If they can put one man on the moon, why not all of them?*, maar de overige tekenen lijken Ange niet ongunstig.

'Zeg,' begint Irthe, 'ik herinnerde me net ineens zoiets mals.' Ze kijkt onschuldig. Iemand, denkt Ange, zou haar eens over de knie moeten leggen. 'Weet je nog, dat spel dat we vroeger speelden: water-bloed?'

'Hemel, ja,' zegt Ange, 'met een grashalm.' Of ze wil of niet, ze glimlacht.

'Het was niet om te lachen,' zegt Irthe.

'Nee,' zegt Ange. Was het door henzelf verzonnen of halen alle kinderen op zomeravonden een scherpe grashalm langs hun tong heen en weer, terwijl ze bezeten zingen: 'Water-bloed, water-bloed, water-bloed'? Wie als eerste bloedde, mocht een wens doen. Wat wensten wij, dertig jaar geleden, toen jij zes was en ik acht? We hadden genoeg te wensen! Dat we hem op een dag als een vleermuis aan een schuur-deur genageld zouden zien hangen, aan roestige spijkers. We zouden hem! We zouden hem vangen als hij van een van zijn vriendinnen kwam, we lagen al in een hinderlaag, we zouden hem opsluiten in een hol onder de grond, we groe-ven al een gat op een of ander landje, het grondwater stond er hoog, hij zou er liggen beschimmelen, terwijl hij van de honger keistenen at. Soms ook gaven we hem vergiftigd ge-bak of wensten we hem in een bitterkoude winternacht on-der een stinkende brug een laatste rustplaats tussen uitge-hongerde ratten toe: het is eten of gegeten worden, zo is het leven. Dat soort wensen hadden wij, toen jij zes was en ik acht: wensen waarmee we de werkelijkheid naar onze mach-tige hand zetten.

'Hoe kom je daar nou ineens op?' vraagt Ange.

Irthe kijkt besmuikt naar de granieten vloer. 'Nou ja, door het gedoe van alledag ontgaat het je soms helemaal dat je in het leven eigenlijk precies hebt gekregen wat je altijd wenste. Ik denk dat ik maar eens een omeletje voor jullie ga maken.' Kwiek staat ze op en haalt een handvol eieren uit de vliegenkast. Met energieke gebaren slaat ze die een voor een stuk tegen de rand van de kom waarin Ange had gedacht haar vandaag de aurora-saus te laten maken. Laat ik liever mijn zegeningen tellen, denkt Ange.

'Goedemorgen,' zegt Gilles. Hij leunt even tegen de deurpost, als iemand die aarzelt alvorens in het diepe te springen: hij peilt de stemming.

'Er komt een vorstelijk ontbijt aan,' deelt Irthe met grote nonchalance mee.

'Kijk eens aan,' zegt hij verrast. Meteen staat hij achter haar aan het aanrecht, grijpt haar om haar middel en bijt haar in haar hals. Dan draait hij zich om naar de keukentafel en buigt zich over Ange om haar een kus te geven, een kus uit het kwartet van mag-ik-van-jou-de-zoen-van-een-man-die-zich-zeker-van-je-weet, een alledaagse, werktuiglijke ochtendkus, en ineens heeft Ange de smoor in. Zij zou ook wat vaker ruzie met hem moeten maken. 'Ga eens weg bij mijn fornuis,' zegt ze geïrriteerd.

'Ange,' roept Irthe uit, 'laat mij je nou eens verwennen.'

'Waarom?' vraagt Ange zuur.

Haar zuster haalt haar schouders op. Ze barst uit in haar meest aanstekelijke lach. 'Verzet je niet tegen je lot,' zegt ze, terwijl ze de geklopte eieren in de pan laat glijden.

'Hoe is het buiten?' vraagt Gilles. Hij is al aangekleed en draagt rubberlaarzen. 'Ben je nog niet wezen kijken, Ange?'

'Je ziet buiten echt niet meer dan binnen,' zegt ze, terwijl ze de keukendeur opent. De ijzerachtige geur van het water dringt zich aan haar op. Zo ruikt de rivier doorgaans alleen 's winters als er vorst in de lucht zit.

'Vergeet je laarzen niet,' zegt Gilles, die meteen langs haar naar buiten stapt. 'En trek een jas aan, Ange.'

'Jullie hebben vijf minuten,' roept Irthe hem na.

'O hemel,' zegt Ange, 'moet ik nu echt achter hem aan?'

Met het gevoel dat er iets onredelijks van haar wordt gevraagd volgt ze haar man. Al binnen enkele stappen staat ze tot aan haar enkels in het water en heeft ze moeite zich te oriënteren. Is dat nog het grind van het tuinpad, onder de zolen van haar badslippers? Ze buigt zich voorover. Vlak onder het wateroppervlak bespeurt ze haar vergeet-mij-nietjes, die zacht heen en weer wuiven op de deining die zij heeft veroorzaakt.

Op wat de rand van het terras moet zijn, staat Gilles op haar te wachten. Hoofdschuddend trekt hij haar hand in zijn jaszak. 'Je vat nog kou.'

'Welnee,' zegt Ange. Ze knijpt in zijn warme hand.

Strak voor zich uit kijkend waadt hij verder, dieper de tuin in.

'Gaat het?' vraagt hij na een tijdje.

'Ja, best.' Steels en soepel winden zich ranken of stengels rond haar enkels, terwijl ze net nog meende dat ze zich op het gazon bevonden. Over drie weken zal het grasveld voldoende hersteld moeten zijn voor de jaarlijkse ontvangst van het dorp. Irthe verdraagt het niet als haar feest niet kan doorgaan, denkt Ange, terwijl ze haar ochtendjas wat optrekt om hem droog te houden.

'Je lijkt wel een klein meisje dat aan het pootjebaden is,' zegt haar man.

Ze schiet in de lach en ziet dan pas aan zijn gezicht dat zijn opmerking als kritiek is bedoeld. 'Ach Gilles,' zegt ze, 'ik weet gewoon niet hoe ik hierop moet reageren. Het gaat mijn bevattingsvermogen te boven.'

'Ik snap jullie niet. Het is verdomme júllie bedrijf dat bedreigd wordt, en ik ben de enige die oog heeft voor de ernst van de situatie. En kijk uit, volgens mij loopt de afwatering daar.'

'Maar die zandzakken en zo,' zegt Ange onzeker, 'dat bezorgt ons het gevoel dat we redelijk veilig zijn en dat het verder wel los zal lopen.' Het is zo ongewoon om hem te horen kibbelen dat ze stilstaat. 'Waar lopen we nu eigenlijk heen?' roept ze klaaglijk uit.

'Naar de rivier.'

'Maar dit ís de rivier. We staan ermiddenin.'

Ook Gilles staat stil. Hij kijkt verdwaasd om zich heen. Hij zegt: 'Verdomd als het niet waar is.'

Misschien is het wel heel zwaar om een man te zijn. 'Lieverd,' zegt ze, 'als we ten onder gaan is dat niet iets wat jij had kunnen of moeten voorkomen.'

'Hoe kun je dat zo laconiek zeggen, Ange!'

Nee, zijn moment van verootmoediging is alweer voorbij. 'Hou toch op,' zegt Ange, plotseling nijdig. Laat hij liever blij zijn dat ze niet hysterisch wordt van een ondergelopen tuin. Haar intuïtie zegt haar dat er eenvoudig niets kán gebeuren. Dit onheil zal op het juiste moment afketsen op het leven dat ze hier hebben opgebouwd, als was dat een onneembare vesting. Dat is geen hoop of verwachting, dat is een kalme zekerheid – net zoals ze, toen Gilles bij hen kwam solliciteren, zonder enig spoor van twijfel meteen wist: met hem gaan we oud worden.

'De natuur, Ange,' zegt haar man, 'kent krachten waarmee niet te spotten valt. Als je maar beseft dat wij daar compleet machteloos tegenover staan.'

'Ja, Gilles,' antwoordt ze gedwee. Haar hele bestaan drijft immers op dat fenomeen. De natuur is haar belangrijkste bondgenoot.

Want binnen enkele uren zal Irthes omelet verteerd zijn en zal er door Gilles weer een lichte lunch gemaakt worden, een salade niçoise, canapés van het een of ander, of uitgesneden zalm op toast. Deze hapjes zullen in de mond door kauwbewegingen worden verkleind en met de tong tegen de keelwand worden gedrukt, waardoor er een reflex tot slikken zal optreden: zalm of canapé wordt de slokdarm in geduwd. Peristaltische contracties voeren ze voorts naar de maag. Een kneden en golven vangt daar aan, een mengen met maagsappen, een grote drukte om het voedsel in afgepaste porties en met constante tussenpozen de dunne darm in te loodsen. Vandaar gaat het naar de dikke darm, waar chemische processen zorgen voor het afbreken van zekere stoffen uit de spijsbrij en het absorberen van andere. Het laatste deel van het transport wordt verzorgd door de endeldarm, maar terwijl die daarmee nog doende is, zal men allang weer behoefte aan een hapje eten hebben gekregen: links en rechts zullen mensen hun jas aantrekken en door de stilte van de zondagavond naar Het Hemelse Gerecht rijden om gehoor te geven aan de onverbiddelijke roep van de natuur.

En zal de avond niet weer een succes zijn? Irthe vermoedt van wel, als ze tegen het einde van de middag de keuken overziet. Ze schenkt Ange en zichzelf een borrel in en laat zich op een stoel zakken. Nu een sigaret te kunnen roken.

'Hier,' zegt haar zuster op dat moment over haar schouder en steekt haar de azijnfles toe die ze net in een sauskom heeft geleegd.

Irthe springt gretig op. Zorgvuldig wast ze de fles in een van de spoelbakken met zeepsop uit en dept hem droog. Conserveren is de helft van het collectioneren. Dan grabbelt ze in een lade onder het aanrecht naar een balpen en noteert de datum op het etiket. Op een dag in de toekomst zal ze bij het zien daarvan denken: toen hadden we een macédoine de crudités als voorgerecht, en ja, dat was weer eens zo'n dag waarop ik zo scherp mijn eigen geluk inzag. Nee, deze zoveelste maart van het jaar negentienhonderdzoveel mag niet ontbreken in haar collectie. Wanneer ze opkijkt zit Ange naar haar te staren.

'Nou?' vraagt Irthe.

'Ja, ik dacht, ik bedoel, je museum...'

'Denk je soms dat ik niet lijd?' roept Irthe uit. En zo is het ook: achter op het erf staat de vrucht van vijftien jaar verzamelen te verrotten. Het museum is vermoedelijk naar de haaien.

'Zullen we gaan kijken?' vraagt Ange.

Irthe schudt haar hoofd. Het museum is haar zorg, het is haar particuliere monument, haar manier van geschiedschrijving: op de zoveelste maart van het jaar negentienhonderdzoveel kookten wij dit of dat, zoals vrouwen al sinds de dageraad der mensheid doen, wij bakken en braden, maaltijd na maaltijd, week in, week uit. Deze zoveelste maart is de zoveelste schakel in een lange ketting van schotels en gerechten, deze zoveelste maart is onderdeel van een verzameling die een heel mensenleven van eten documenteert.

'Ik ga wel even met je mee,' oppert Ange.

'God, nee,' zegt Irthe. 'Ik bedoel, we kunnen er toch niet in: het water staat tot halverwege de deur.' Ze wil de ramp nog steeds niet onder ogen zien, ze wil er niet eens aan denken.

'Dan maken we een van de luiken los. We halen ze er gewoon af,' houdt Ange vol. Zij is nooit te beroerd om een stuk gereedschap te pakken. Ange kan gasfitten en loodgieten, ze weet van funderingen en van dakgoten, en al die dingen heeft ze zichzelf geleerd op dezelfde wijze waarop ze ook de kookkunst opnieuw heeft uitgevonden, met de kleine Irthe naast zich aan het fornuis: samen gespannen in de pannen turend om te ontdekken hoe rauwe knollen en bladeren veranderden in kruimige aardappelen met andijvie, zoals in mama's keuken – de keuken waarin mama moest toekijken als hij een van zijn vriendinnen voor zich liet koken, daar kon ze nog wat van opsteken: het openbreken van oesters, het kraken van een kreeft, het garneren met kaviaar en kwarteleitjes. Ganzenlever, truffels en zwezerik. Avocado's, artisjokken en aubergines. Châteaubriand, crème brûlée en profiteroles. Nee, hij was geen man van lijfelijk geweld.

Als zij de keuken had opgeruimd, kookte mama voor haar dochtertjes en zichzelf een maaltijd van afval van de markt. Aan elke vinger een ring, een bontjas over hautecouturekleding, altijd op naaldhakken, de vrouw van een vooraanstaand man, die, indien er geen vriendinnen waren om hem te vertroetelen, elke dag een grote biefstuk wenste. Wat een geluk: aan zo'n vrouw geeft een slager zonder enige bijgedachte vleesresten voor de hond mee. En is improvisatie niet onze kracht? Met onze smalle elfenlijfjes, doorschijnend bleek, zijn wij de aanvalligste kinderen ter wereld. Ons geven ze op de markt na sluitingstijd wel een handje aardappelen en een overgeschoten krop andijvie.

'Ach kind,' zegt haar zuster, 'wie weet wat we nog kunnen redden met de föhn.'

Even is Irthe sprakeloos. 'Zoiets irreëels heb ik zelfs jou nog nooit horen zeggen!'

'Nou ja,' zegt Ange, 'ik ben er misschien niet helemaal met mijn gedachten bij.' Voor de zoveelste keer loopt ze naar het raam. Het is moeilijk te zien of de regen al minder wordt, maar het water is zeker een decimeter opgerukt. Als het zo doorgaat, staat het binnen luttele uren tot aan de drempel.

Naarmate het restaurant verder volloopt, wordt de stemming uitbundiger. De meeste gasten hebben zwemvliezen meegebracht, waarop ze zich spetterend heen en weer begeven tussen de garderobe, de toiletten en hun tafeltje. Menu's, broodmandjes en zelfs brandende kaarsen drijven in het rond; hier en daar vouwt men bootjes van servetten, die onder veel hilariteit te water worden gelaten. In de keuken is de situatie al niet anders; frituurpannen, wafelijzers, rechauds en eierkloppers, alles dobbert en glipt telkens net onder de hand door, zodat Ange moedeloos in haar kano achterover-leunt. Ze komt overeind en knipt gedesoriënteerd het licht aan. Op haar wekker is het kwart voor vijf: ze heeft net drie uur geslapen. Ze wrijft over haar gezicht, masseert haar hoofdhuid. Met enige moeite laat de werkelijkheid zich te-rugroepen.

Maar waarom ligt Gilles niet naast haar? Bij Irthe, dan? Ze sluit haar ogen een moment en herinnert zich weer dat hij wilde blijven waken. Plotseling ongerust, bedenkt ze zich niet lang. Ze staat al naast haar bed, slaat een ochtendjas om en gaat naar beneden. In de keuken is het donker. Nergens is enig geluid te horen. De tuindeur staat open en beweegt zachtjes heen en weer op de wind. Ange is als aan de grond genageld. Ik ben verlaten, gaat het door haar heen, maar op hetzelfde moment wordt buiten het bewegende licht van een stormlamp zichtbaar. 'Gilles!' roept ze opgelucht.

Met hangende schouders komt hij binnen. Hij zet zijn laarzen bij de deur. Zwijgend trekt hij zijn oliepak uit. Hij kijkt haar niet aan. Als in gedachten verzonken gaat hij aan de keukentafel zitten en steunt zijn hoofd met zijn handen. Ange merkt dat ze haar adem inhoudt. 'Zal ik even thee zetten?' stelt ze bedeesd voor.

'Ik denk dat we wel wat sterkers kunnen gebruiken,' zegt Gilles. Hij staat op en begint te ijsberen alsof hij zijn moed verzamelt. Zijn blik is op de verte gericht. Er trilt een spier in zijn kaak. Keer op keer strijkt hij met beide handen door zijn haar. 'Ange,' begint hij ten slotte, 'moet je luisteren.' Dan heft hij zijn hoofd. Ook Ange heeft het geklos van Irthes klompen gehoord. Ze telt haar zusters stappen op de trap, door de gang, nog tien, nog vijf, nog twee. Ze pakt drie glazen en een fles whisky. Water voor Gilles, ijs voor haarzelf, Irthe drinkt de hare puur.

'Lieve God,' roept Irthe uit, terwijl ze de keuken binnenrent, 'dus jullie hebben het ook gehoord. Ik werd er gewoon wakker van.'

Ange heeft niets gehoord; haar hoofd is juist gevuld met die vreemde, dreigende stilte, met de afwezigheid van enig geluid – en nu pas dringt het tot haar door dat het niet meer regent. Het is droog. Verbijsterd gaat ze naast haar zuster in de deuropening staan. De kille nachtlucht strijkt langs haar blote benen. 'Gek hoe vredig het nu ineens lijkt,' merkt Irthe op. 'Is het al lang zo?'

'Al uren,' zegt Gilles.

'En ik dacht nog wel dat we vandaag of morgen zouden moeten sluiten,' zegt Irthe. 'Moet je kijken! Het water is al aan het zakken! Gilles! Heb je dat gezien?'

'Ja,' zegt Gilles.

'Maar hoe kan dat nou zo vlug?'

'Dat zeg ik toch. Het is al uren droog.'

'Ben jij ook al die tijd al op?' vraagt Irthe aan Ange.

'Nee,' zegt Ange, 'ik hoorde het eerlijk gezegd ook pas net.'

'Nou ja, we zijn in elk geval wel op tijd voor de drank,' constateert haar zuster. Ze pakt haar glas. 'Door het oog van de naald, jongens. Allemachtig, wat een geluk.'

Ange neemt een slok van haar whisky, die haar meteen

naar het hoofd stijgt. Nu moet ze tegen Gilles zeggen: 'Laten we jou hier de hele nacht opzitten en komen we zelf pas in beweging als het gevaar geweken is!' Maar Irthe vraagt net: 'Gilles, blijft het nu verder zo? Ik bedoel, heb je het weerbericht nog gehoord of iemand gebeld? Wat zeggen ze bij de dijkbewaking?'

Gilles leegt in één teug zijn glas. Hij schenkt zich opnieuw in. Zijn hand beeft. Hij vergeet er water bij te doen.

'Dijkbewaking?' herhaalt hij toonloos.

Anges hart krimpt ineen. Hij heeft gelijk om kwaad te zijn. Nu het eindelijk droog is, kan ze er ineens niet meer bij dat zij steeds geloofde dat ze onkwetsbaar waren. Het zweet breekt haar uit bij de gedachte aan alles wat er had kunnen gebeuren. En met die vrees hebben ze Gilles al die tijd alleen laten tobben. Ze deinst achteruit als hij met een ruw gebaar zijn arm heft en omhoogwijst: 'En wat zijn dat, aan de hemel?'

'Sterren,' ontdekt Irthe.

'Sterren. En wat betekent dat?'

'Een heldere hemel,' zegt Ange snel. 'Dus we hoeven nergens meer bang voor te zijn.' En terwijl ze dat zegt kruipt er kippenvel over haar armen. Het werkelijke gevaar is nu pas aangebroken, het is alleen tot nu toe aan hun waarneming ontsnapt. Ange, moet je luisteren. En toen kwam Irthe binnenvallen en was het moment voorbij.

'Hé joh,' zegt Irthe, 'ben je soms te moe om opgelucht te zijn?' Ze pakt hem bij zijn arm en schudt hem goedmoedig door elkaar. Gilles laat haar willoos begaan.

'Hou daarmee op!' schreeuwt Ange. Ze rukt haar zuster naar zich toe.

Er verschijnt een grimas op Gilles' gezicht, iets tussen lachen en huilen in, en met een verre stem hoort ze hem zeggen dat hij wel degelijk opgelucht is, opgeluchter zelfs dan zij beseffen, want nu de toestand weer veilig is, kan hij tenminste met een gerust hart vertrekken.

Gilles zegt dat hij hen gaat verlaten.

Irthe begint ongelovig te lachen. 'Waar haal je dat nou ineens vandaan? Wat is dit voor nonsens, in het holst van de nacht?'

Dat hij er maanden tegen heeft gevochten en dat hem juist daardoor onweerlegbaar is gebleken dat hij eigenlijk geen enkel gevoel meer voor hen kan mobiliseren. Meteen wil hij dat trouwens weerspreken, want ze zijn moordvrouwen, allebei. Natuurlijk houdt hij van hen. Alleen niet meer op de juiste manier. Meer zoals een broer van zijn zusters, eigenlijk.

'Maar daar hebben wij niks van gemerkt,' zegt Ange. Ze houdt zich met beide handen vast aan de tafelrand. Ze denkt: als jij weggaat, ga ik dood. Het is geen gedachte waarvoor ze zich schaamt.

Dat hij er zelf eerst ook niet aan wilde, aangezien er immers niets was gebeurd, niets was gezegd en niets was nagelaten en er ook geen ander in het spel was. Het is hem gewoon tussen de vingers door geglipt, zomaar. En een mens moet handelen vanuit zijn zuiverste gemis. Hij zou misschien best nog een tijdje kunnen blijven hangen, maar dat zou niet eerlijk zijn tegenover hen. Want hij is, hoe noem je dat, het heilige vuur zal hij maar zeggen, ja, het heilige vuur is hij kwijt.

'Als je nou achttien was,' brengt Irthe uit, 'maar je bent een volwassen man! Je weet toch dat de liefde weleens wil schommelen. Dat is geen reden om er meteen vandoor te gaan.' Ze moet redelijk blijven, ze mag zich niet laten gaan.

Dat hij het vreselijk vindt om hun verdriet te doen. En dat hij verder niets terugneemt van alles wat hij in het verleden heeft gezegd: voor hem blijft het staan dat hij heel gelukkig met hen is geweest. Maar nu is het op. Helaas gaan die dingen soms zo.

'Smerige ellendeling!' barst Irthe los. 'Wat denk je wel? Dat je in een kwartiertje een verhouding van vijf jaar kunt oprollen? Wat hebben wij eigenlijk voor boodschap aan alles wat jij in je eentje hebt zitten uitbroeden? Denk je nou heus dat wij dat zullen slikken, schoft?'

Dat hij echt niet op dit besluit zal terugkeren, en dat is het einde van het verhaal: het is zinloos er verder nog woorden aan vuil te maken.

'Wil je misschien een keer de zalm doen?' vraagt Ange met een droge keel. 'Of het vlees?'

Gilles slaat zijn ogen neer.

'Gilles,' smeekt Ange.

Hij staat op. De dader, beseft zij in paniek, gaat zich van het toneel van de misdaad haasten voordat de slachtoffers uit de verdoving van de klap ontwaken. Geen meedogenlozer wezen dan een minnaar die genoeg van je heeft.

'Ik geloof,' zegt hij bedachtzaam, 'dat ik maar even het allernoodzakelijkste ga inpakken en vertrek zodra het licht is. Later regelen we de zaken nog weleens behoorlijk.'

Irthe springt wild op en gaat voor hem staan. 'Ik weet wat! We gaan nu eerst een partijtje scrabbelen. We kunnen de hele nacht doorspelen, want morgen zijn we dicht, en daarna zien we wel weer verder.'

'Ik ga weg,' zegt Gilles.

'Nee,' schreeuwt Irthe. 'Jij gaat nergens heen.'

'Gilles,' stamelt Ange, 'dat kan niet, je kunt niet weggaan zonder hier met ons over te praten. Dat kan niet zomaar!'

'Op elke andere manier was het ook afschuwelijk geweest.'

'Je blijft. Je blijft in elk geval nog even.'

'Maar dan ga ik straks, en dat is even naar.'

'Gore etter!' tiert Irthe. 'En al die tijd je bek houden!'

'Ik wilde geen ruzie,' zegt Gilles. Bij de deur draait hij zich nog even om. 'Jullie hoeven je geen van beiden enig verwijt te maken. Het ligt aan mij, en het spijt me.'

De keuken golft om Irthe heen. Ze wil hem achterna. Ze struikelt en houdt zich vast aan het koffiezetapparaat: dit apparaat dient na circa veertigmaal gebruik te worden ontkalkt, vul daartoe het reservoir met gelijke delen water en schoonmaakazijn en laat het doorlopen. UW GARANTIE VERVALT BIJ ONOORDEELKUNDIG ONDERHOUD. Voor het inschakelen van de juiste oventemperatuur draait u de bovenste regelknop naar rechts. Kom eens hier met je hand, dan geef ik je een kus mee voor onderweg, vouw er vlug je vingers omheen en stop hem in je zak. Alleen gebruiken in geval van nood! Jij, God, jij, jij, jij, ik heb geen woorden voor jou, jij bent mijn meisje, jij bent mijn favoriete fantasie. Waterkers en krulandijvie altijd in handwarm water wassen, GEEN bleekmiddel toevoegen, NIET strijken. Ik kan je niet eens van het bed naar de badkamer zien lopen zonder alweer zin in je te krijgen, die heerlijke benen van je, doe ze eens voor me uit elkaar. UW GARANTIE VERVALT BIJ VERKEERD GEBRUIK.

Irthe grijpt naar haar tollende hoofd. Versuft zegt ze: 'Houd hem tegen, Ange.'

Versmaad te zijn!

O, die diepste diepten van de eerste schok: een groot gat, tot aan de rand toe gevuld met het wanhopige verlangen om wakker te worden uit deze boze droom. Maar intussen beukt er al een hamer op Anges hart, die de boodschap onherroepelijk inklinkt. Zo deerlijk weinig tijd als er verstrijkt tussen hoopvolle ontkenning en hopeloos besef! Hoeveel tellen heeft ze nog, voordat ze de staat van de ongelovige, de overvallene, moet inruilen voor die van de verpletterde verlatene? Per hartenklop neemt de versuffing af en komt de realiteit naderbij; haar zinnen keren weer, elk ogenblik kan ze van deze vrijplaats verdreven worden om voor weken, maanden, misschien wel jaren ongelukkig te zijn. Nog een enkel moment is ze gewoon zichzelf, Ange, de vanzelfsprekend beminde, degene met een vervuld leven vóór zich. Hierna zal ze voor altijd een verstoten vrouw zijn. Dit moment te kunnen vasthouden, er met het volle gewicht aan te gaan hangen en het uit te rekken tot een reddingslijn: je gaat niet weg, je blijft bij mij, ik wil je houden. Ik houd van je. Ik houd je.

Nu tellen de seconden, want de vrije val tussen de nachtmerrie en de onontkoombare werkelijkheid duurt maar kort. Een flits, meer is het niet. Net zoals er zich tussen droom en daad louter die ene vitale flits bevindt: 'We dragen hem door de gang en leggen hem onder aan de trap, zodat het een ongeluk zal lijken: dronken mensen stappen gemakkelijk mis.' Wat is, daarmee vergeleken, simpeler dan: ik wil je houden?

'Klompen uit en naar boven,' sist Ange.

Waarom zou Gilles eerst in de badkamer zijn scheergerei en toiletartikelen hebben gehaald om vervolgens in beide slaapkamers omslachtig wat kleren bij elkaar te gaan zoeken? Begint men niet met een koffer uit het berghok op zolder te halen? Maar vergeet niet dat Gilles een man onder druk is! Het huis te verlaten waar je zo gelukkig bent geweest! Voor het laatst op de rand van een bed te zitten waarin je zulke verrukkingen hebt gekend! Arme Gilles! En als hij al over zijn schouder zal kijken, zal de donkere gang achter de open slaapkamerdeur alweer verlaten zijn, en zal hij denken geen ander gerucht gehoord te hebben dan het gewone kraken van een oud huis.

Ook op zolder, zal hij straks merken, is het donker: ramen zijn er nooit geïnstalleerd, en alleen in het berghok is elektriciteit. Het is de vraag of Gilles de schakelaar zal kunnen vinden: het is vijf jaar min een paar weken geleden dat hij hier voor het laatst was. Nu beklimt hij de trap naar de twee-de etage, waar hij misschien nog een melancholieke blik werpt op de zakken meel en uien en de augurkenblikken, op de oude strijkmachine waarmee je geen servet ooit behoor-lijk glad kreeg, de kapotte schemerlampen, het extra servies-goed en de kerstversiering. Dan boort hij zich met aarzelen-de tred via de zoldertrap het duister in. Eenmaal boven neemt hij kleine, schuifelende passen, terwijl hij zo te horen met een hand langs de wand strijkt. Hij stuit op het berghok en beklopt het hout, op zoek naar de deurkruk. Ten slotte licht hij zich bij met zijn aansteker. Hij draait de sleutel om. Vloekt onderdrukt. Ziet dan in het flakkerende schijnsel de twee grendels, een boven en een onder, die moeten voorko-men dat de deur op de tocht in het slot zal rammelen. Hij schuift ze open, stommelt eindelijk naar binnen, weer een vloek, dan vindt hij de schakelaar: licht stroomt in een klei-ne plas over de drempel van het berghok.

Als hij zich straks omdraait met zijn koffer in de hand, zal hij hen duidelijk op de vliering zien staan: Ange Tange To-verheks en Irthe met haar bleke vollemaansgezicht.

Ange, die werkelijk weet heeft van hamers en spijkers! Al had ze een pen-en-gatverbinding moeten maken!

En Irthe, die 's ochtends wakker wordt en maar heel even met zichzelf hoeft te marchanderen om het normaal te vin-den dat ze uiteindelijk toch nog een paar uur diep en droomloos heeft geslapen: het bezit is immers veilig gesteld? Ook het water blijkt al een paar meter gezakt te zijn. De situ-atie is volmaakt onder controle.

'Hier zit je dus,' constateert Ange, terwijl ze zich naar binnen wringt.

'Ja,' zegt Irthe, 'het leven gaat door.' Ze steekt twee conservenblikken omhoog. 'Kijk, de etiketten zijn nog leesbaar. Peren op lichte siroop. En artisjokkenharten in azijn. Alleen is de datum bijna overal doorgelopen.' Nooit meer te hoeven concluderen: de zoveelste maart van het jaar negentienhonderdzoveel, ja, dat was filets de sardines au beurre de Montpellier, en dat was de nacht dat Gilles er ineens vandoor wou.

'Hoe heb je het luik opengekregen?' vraagt Ange.

'Gewoon,' zegt Irthe, 'met een koevoet.'

'Maar waarom heb je niet even op mij gewacht?'

'Nou ja. Misschien had jij wat anders aan je hoofd.'

Ze vermijden elkaars blik.

'Heb je de schade al opgenomen?' vraagt Ange. Zonder antwoord af te wachten begint ze door het kniediepe water te waden langs de lege conservenblikken, vla-kartons, kroonkurken, mosterdglazen en margarinekuipjes. Er is tussen de stellingen waarop de verpakkingen staan uitgestald een gangpad uitgespaard, waaraan om de paar meter een zijpad ontspringt. Alles is overzichtelijk gesorteerd: blikjes bij blikjes, dozen bij dozen. Keurig boven en onder elkaar ligt hier hun historie op schappen. Dozijnen en nog eens dozijnen lege olieflessen in het gelid naast honderden en nog eens honderden lege azijnflessen. Daarna komen de meelwaren: bloemzakken, beschuitrollen, het oranje cellofaan van Jacob's Cream crackers, die ze altijd geven bij stilton en port. 'We moeten hem natuurlijk wel op de een of andere manier te eten geven, zonder die deur open te hoeven maken,' roept Ange. Ze slaat een hoek om en staat onverwacht oog in oog met haar zuster.

'Je hebt geen laarzen aan,' zegt Irthe. 'Je haalt je nog de dood op je donder.'

'Ik dacht dat ik misschien een soort luikje in de deur zou kunnen zagen, waardoor we dingen kunnen doorgeven. Voorlopig, dan,' zegt Ange.

'En hij moet ook een emmer hebben,' overweegt Irthe.

'Een emmer?'

'Om in te pissen.'

'Hoe legen we die dan?'

Irthe gaat op een omgekeerde aardappelkist zitten. 'We vragen Henri om wat mogadon. Iedereen weet hoe hard we werken. We zijn half overspannen. We doen geen oog dicht.'

'Door zijn eten?'

'Of in zijn drinken.'

'Maar hij neemt natuurlijk niets van ons aan.'

'Over een dag of twee wel,' veronderstelt Irthe. Ze neemt een slaoliefles van het schap en inspecteert het etiket. Vaag zegt ze: 'Het gaat er alleen maar om dat we even een adempauze creëren.'

Ange strijkt haar haar opzij. Ze zegt: 'En hij zou nog naar de carburateur kijken.'

'Kun jij dat dan niet?'

'Hij deed de auto toch altijd!'

'Nou ja, dan zitten we maar even zonder. Volgens mij gingen we toch nergens heen.'

'Maar als ik morgen nou ineens iets nodig heb?'

Irthe zwijgt. Ze kijkt laatdunkend.

'Gek anders hè,' zegt Ange, 'dat je beneden niks hoort.'

'Er zitten twee etages tussen.'

'Stil eens!'

'Toe, Ange.'

'Ik hoorde heus iemand roepen.' Op maandag komen er geen leveranciers. Het zou alleen hoe heet die man, de postbode, kunnen zijn. In haar zak vouwt Ange haar vingers om de sleutel van de keukendeur. Zoals die lui overal maar in en uit lopen! Maar dan stokt de adem haar in de keel: achter het geopende luik, scherp afgetekend tegen het daglicht, wordt de brede gestalte van de huisarts zichtbaar. Moeizaam zwoegt hij door het water; bijna passeert hij zonder op of om te kijken de schuur, maar werpt dan toch terloops een blik naar binnen. Meteen buigt hij zich over het kozijn en steekt zijn hoofd naar binnen. 'Meisjes!' zegt hij gretig.

'Henri!' roept Irthe uit. 'Wat loop jij hier eigenmachtig rond te plonzen!'

Het bovenlichaam van de dokter wiegt heen en weer, alsof hij betrapt met zijn voeten staat te schuifelen. 'Ik kwam alleen maar even kijken of de situatie al wat verbeterd was. We hebben ons ginder behoorlijk zorgen om jullie gemaakt.'

'Nou, je ziet het,' zegt Ange stuurs. Voor haar geestesoog naderen drommen dorpelingen over de dijk.

'Ja, het ziet er een stuk beter uit dan gisteren,' zegt Henri op een toon alsof hij daar zelf een rol in heeft gespeeld, 'maar het is vannacht wel kantje boord geweest, als je het mij vraagt.'

Snel zegt Ange met een blik naar haar zuster: 'We zijn er bekaf van. Ik heb mijn bed de hele nacht niet gezien.'

'Dat kan ik me voorstellen,' zegt de oude man. Zijn blik glijdt langs hen heen, de schuur in. 'Maar wat is dit in vredesnaam voor een verzameling huisvuil?'

'Huisvuil?' blaast Irthe verontwaardigd.

'Waarom bewaren jullie die rotzooi?'

'Kom,' zegt Ange, 'ik ga koffie zetten. Ga daar eens opzij, Henk, anders kan ik er niet uit.'

'Maar waarom verbranden jullie je afval niet? Dat kan toch niet opgeslagen worden! Vlak bij waar jullie in de rivier afwateren! Het is een gevaar voor de volksgezondheid!'

En dat zegt een arts die nog bij gaslicht gestudeerd heeft, denkt Ange. Ze trekt zich op aan het kozijn, zwaait haar benen door het luik naar buiten en negeert de hulpvaardig uitgestoken hand. Klaterend spat het water op als ze neerkomt.

'En op je blote voeten,' ziet de dokter hoofdschuddend. 'Wil je soms ziek worden, Ange?' Zelf draagt hij rubberlaarzen, met zijn broekspijpen daar stevig in gepropt. Hij ziet eruit als een veearts. Alsof hij elk moment onder een koe kan kruipen. 'Je moet meteen iets warms drinken.'

'Ja, dat zeg ik toch! Ik ga koffie zetten.'

'Nou,' zegt Henri, 'dan zal ik jullie verder maar met rust laten.'

'Hier blijven,' snauwt Ange. 'Ik bedoel, het minste dat we kunnen doen is je een kopje koffie geven, nu je zo zorgzaam bent geweest om je ervan te vergewissen dat we niet zijn weggespoeld.' Ze zal hem moeten verdragen totdat hij een recept voor slaappillen heeft uitgeschreven. Hij zal mee naar binnen moeten. Een huivering onderdrukkend gaat ze hem voor in de richting van de keuken. De sleutel snijdt in haar handpalm, zo hard knijpt ze erin. Daar zal je hem over horen, dat ze hun deur niet van de klink hebben, Ange, Ange, dat zijn toch geen manieren, je behoort iedereen in de gelegenheid te stellen bij jouw afwezigheid zijn neus in je zaken te steken. Maar gelukkig wijst Irthe hem net hoe hoog het water gisteren stond, zodat zij onopgemerkt de deur van het slot kan doen. Onmiddellijk zet ze voor alle zekerheid de radio aan. Hilversum 3, dat haat hij vast, die bemoeizieke kwal.

Irthes oog valt erop zodra ze een voet over de drempel heeft gezet. Op tafel staan nog de drie whiskyglazen.

'Is Gilles op stap?' vraagt Henri, terwijl hij in zijn koffie roert. 'Dat doet me er trouwens aan denken: gaat zijn vakantie nog door?'
    Irthe maakt een geluid dat van alles kan betekenen. 'Wil je er een koetsiertje bij?' vraagt ze. Gewoon doen. Niets laten merken. Maar laat dat maar aan Ange en haar over. Daar hebben zij genoeg ervaring in. Want anders waren ze weggehaald en misschien wel bij verschillende pleegouders ondergebracht. Ineens is het net alsof die jarenlange maskerade de voorbereiding tot dit moment is geweest.
    'Neem er zelf dan tenminste ook een,' zegt Henri. 'Je ziet beslist pips, Irthe. Moet ik je wat voorschrijven om eens goed uit te rusten?'
    'Ja, graag.'
    'Maar eigenlijk zouden jullie allebei moeten overwegen of jullie Gilles' goede voorbeeld niet eens zullen volgen. In geen vijftien jaar vakantie! Maak toch eens een keer een cruise, of zo!'

'Of ga op safari,' zegt Ange nors.

'Nou precies!' beaamt Henri met een stralend gezicht. 'Ik heb jullie altijd echt vrouwen gevonden om de dingen te doen waarvan iedereen droomt, maar die geen mens ooit uitvoert.'

II

Op de dag van het tuinfeest is het niet zoals andere jaren voorjaarsachtig zacht van temperatuur. Het is de negentiende dag van de hittegolf die het land teistert sedert de zware regenval. De uiterwaarden liggen er geblakerd bij, en het geel van de buitenissige hoeveelheid dotters in de rivier doet pijn aan de ogen, zoals alles te hard is, te schel, te veel: op de derde dag dat de magnolia bloeide, vielen de bloesems al verflenst van de stengels. De waterkant geurt als fruit dat te lang in afgesloten kisten is bewaard. Op zolder is het vijfenveertig graden Celsius.

Maar bijna even hels is het in de keuken, waar Ange de laatste hand legt aan de versnaperingen. Zelfs het kleinste radijsje is niet veilig voor haar mes, Ange hakt en houwt en kapt en klieft alsof de duivel haar op de hielen zit. De gewoonste handelingen hebben de laatste tijd iets sinisters: de kool die ze voor de rauwkostsalade splijt, ziet kans te klinken als een hoofd onder de guillotine en valt onder haar hand in twee gekloofde hersenhelften uiteen. De aanblik van de rood-witte kronkeltextuur geeft haar half het gevoel dat ze iets verkeerds of verbodens doet, terwijl er toch geen enkele reden is om te betwijfelen dat kool hoe dan ook slechts één lot beschoren kan zijn: gegeten te worden.

'Wij niet, nee,' zegt Irthe.

'Ik ook niet. Al drie weken lang geen enkel levensteken,' vervolgt Henri zijn favoriete thema, terwijl hij onder een parasol een hap van een zalmsandwich neemt. 'Zelfs geen kaartje. Dat vind ik niets voor hem.'

'Zo zie je maar: je denkt iemand te kennen en dan kom je nog voor rare verrassingen te staan,' antwoordt Irthe vermoeid. Hij brengt zijn grote, pafferige gezicht vlak bij het hare, zodat ze kan zien waar hij bij het scheren witte baardstoppels heeft gemist. Onderzoekend kijkt hij haar aan. 'En dat hij zomaar vertrokken is zonder even afscheid te komen nemen.'

'Jezus Henri, hou eens op! Ik heb je al duizend keer verteld dat hij nog bij je langs is geweest!'

'Maar ik begrijp niet hoe we elkaar hebben kunnen mislopen. Anders weet hij ook precies wanneer hij me thuis kan treffen.'

Irthe strijkt het ondraaglijk zware haar van haar warme voorhoofd. 'Hij ging immers halsoverkop, vanwege die goedkope boeking,' zegt ze ongeduldig. 'Maar nu moet ik echt Ange gaan helpen met de bowl.' Zo vlug ze kan verdwijnt ze in de bonte menigte op het gazon. Heel de middag spitsroeden te moeten lopen. En dan die hitte er nog bij, en al dat ongedierte dat door elke naad van het dak op de stank af komt. Gilles laat het er wel erg op aankomen. Alles had allang weer bij het oude kunnen zijn. Ange en zij zijn niet haatdragend.

Als ze muziek hoort, blijft ze even staan. Iemand heeft een transistorradio op het terras gezet en zij van Bartels troont haar man juist onder luid gelach mee de vloer op. De postbode beroept zich op zijn platvoeten, op de temperatuur, op zijn oude moeder die hem nooit heeft ingewijd in wals of foxtrot, maar zij is onverbiddelijk – het is zo'n leuk stel, die van Bartels. Irthe wendt zich af. Gilles' handen om haar middel. Moeiteloos tilt hij haar op en zwiert haar rond. Met loden voeten voegt ze zich bij haar zuster achter de dranktafel.

'Ze drinken ons nog arm,' sist Ange haar toe. Anges blouse plakt tegen haar lichaam, de haren pieken rond haar gezicht. Zweet ze ook zo als ze de liefde bedrijft? Is dat het waarop hij is afgeknapt?

'En straks blijven we met al die schotels zitten! Ga nog eens wat te eten halen. Stond ik daarvoor vanochtend om zeven uur al in de keuken?' moppert haar zuster.

'Het is ook zo warm. De mensen drinken liever dan dat ze eten,' sust Irthe automatisch. Maar Gilles zweet zelf ook. Hij is een van die mannen die gaan transpireren van begeerte. En dan wordt zijn oogwit rood. Gilles met de konijnenogen. Gilles met de hese stem. Waarmee hij tegen haar zei, waarmee hij aan haar vroeg, keer op keer, wat ze nooit aan Ange heeft durven bekennen.

'Drink jij zelf trouwens wel genoeg?' vraagt haar zuster, haar een glas in de handen duwend. Haast bezwijkt Irthe onder haar bezorgde blik. Ange? Hoor eens? Ik moet je wat vertellen! Maar dat is immers onmogelijk. Om Anges geluk niet te verstoren heeft zij altijd het stilzwijgen bewaard.

De uitgelaten stemmen om haar heen weerklinken als hamerslagen in haar hoofd. Werktuiglijk vult ze een glas met bowl en overhandigt het aan het dochtertje van de postbode. Het dorp is rijk aan kinderen, ze zijn er in alle leeftijden, zuigelingen zonder ambities, ronde peuters op vastberaden benen, ernstige zevenjarigen, smiespelende meisjes van tien, overmoedige pubers met harde stemmen en onzekere adolescenten die zelf bijna toe zijn aan datgene waarvoor iedereen hier schijnt te menen dat de mens is gemaakt: om zich voort te planten.

Voor de zoveelste keer kijkt Ange op haar horloge. De tijd is van stroop; elke minuut duurt zeven weken. Had Irthe het inschenken van de drank maar niet van haar overgenomen – nu zij werkeloos rondloopt, verwachten de mensen vast dat ze een praatje met hen zal maken. Ze werpt een steelse blik om zich heen, stapt vlug achter de fuchsiahaag en herademt. Meteen struikelt ze bijna over een kluwen jongens bij de waterkant. Ze deinst achteruit, maar ze hebben haar al opgemerkt. Het is verbazend in hoeveel lichamen de kluit zich ontrolt. Het zijn er wel acht, of tien, allemaal pubers met van die uitbottende lijven vol wilde aandrangen. En natuurlijk allemaal een kop groter dan zij.

'U hebt ratten,' deelt een van de bonenstaken plompverloren mee.

'En?' zegt Ange overdonderd. Ze snapt niet waarom dat ongewoon zou zijn.

'Zet u dan geen vallen?'

'Wij laten hoe heet die man regelmatig komen, met gif.'

'Er ligt er hier anders een te creperen,' wijst de jongen. Ange volgt zijn vinger en wendt vlug haar blik weer af. 'Sla hem maar dood,' zegt ze. 'Ik pak wel even een schop. Dan kun je hem ook meteen begraven.'

De jongen steekt zijn handen in zijn zakken en kijkt haar brutaal aan. 'Wat krijg ik ervoor?'

'Dan doe ik het zelf wel.'

Tartend neemt hij haar op. 'Mijn moeder roept mijn vader er altijd bij.'

'Tja,' zegt Ange gemelijk. Als haar man beschikbaar was geweest, had zij hem dit ook laten opknappen. Ineens zijn die jongens haar te veel. Ze staan geen tel stil, ze duwen en porren elkaar en barsten om niets in schel gelach uit. Een van hen heeft een stok in de hand, waarmee hij in het zieltogende dier prikt. Is dat niet de jongen van de slager? 'Jij,' zegt ze, 'hou daarmee op.'

'Maar hij is toch al bijna dood!' Hij wrikt zijn stok in het oog van de rat, tilt het beest op en houdt het Ange voor. 'Hij kan zo op het menu!'

'Laat dat,' snauwt Ange.

'En dan heet het waterkonijn, zegt mijn vader. Dat de mensen niet merken waar ze hun goeie geld aan uitgeven, zegt hij!'

De puistenkoppen brullen van het lachen. Ze torenen boven haar uit, ze omsluiten haar met z'n allen, en door het geduw en getrek treft haar af en toe een elleboog, een magere schouder. Er is niets breekbaars of zachts aan deze jongens. Ange merkt dat ze haar spieren spant. Maar met haar durven ze heus geen geintjes uit te halen, ze weten dat ze dan met Gilles te maken krijgen – alsof zij dat tuig zelf niet aankan, ze laat hier toch verdomme geen loopje met zich nemen. Ruw duwt ze de slagerszoon opzij en laat zo hard als ze kan haar voet neerkomen op de kop van de gemartelde rat. Onder haar dunne zool hoort ze iets knappen, de nek, de schedel, ze gooit er haar volle gewicht op en draait haar hiel diep in het kadaver, alsof ze een sigaret uitmaakt. 'Zo doen wij dat hier,' gromt ze terwijl ze zonder te kijken naar wat ze heeft aangericht achteruitstapt. 'Wij kwellen geen halfdooie beesten.'

'Godsamme,' zegt een van de blagen. De anderen zwijgen verbluft. Ze wijken uiteen om haar te laten passeren. Op dat moment koert in de verte een vrouwenstem: 'Nee maar, daar hebben we Gilles!' Met een ruk draait Ange zich om, in een reflex kijkt ze omhoog, naar het dak, en tegelijkertijd ziet ze Gilles over het tuinpad op zich afkomen. Ze brengt een hand naar haar voorhoofd en sluit een tel haar ogen, maar nog steeds ziet ze Gilles dwars door de menigte naar haar toe lopen, met die speciale blik die zegt: zelfs in een massa mensen ben ik alleen met jou, ik heb alleen oog voor jou. Ange haalt diep adem. Ze opent haar ogen, en daar staat Irthe, onmiddellijk en haarscherp ziet ze Irthe, uitgerekend Irthe met een baby op haar arm.

'Kom eens kijken, Ange,' roept Irthe. Vorige week is ze na de geboorte meteen een mooie taart gaan brengen. En een paar sokjes voor de kleine Gilles Willemse, die weer zo'n ingewikkeld geval van familiale verstrengeling is, een neef, een achterneef, of anders loopt de verwantschap vermoedelijk via deze of gene aangetrouwde oom of halftante.

Stuurs komt Ange naderbij – die geeft geen zier om zuigelingen. Te laat beseft Irthe haar vergissing. Zij zal weer voor twee geanimeerd moeten doen. In een boosaardige impuls duwt ze haar zuster de baby in de armen. 'Hou jij hem maar lekker even vast. Ik heb hem van de week al gehad.'

Ange pakt het kind beet zoals een ander een roggebrood. Er verschijnt een mengeling van vrees en afgrijzen op haar gezicht. 'Het is zo'n lekker dier,' zegt de jonge moeder trots. Zij van Willemse: nog geen jaar met de timmerman getrouwd en nu al haar eerste kind en dat allemaal op haar tweeëntwintigste. Het kost weinig moeite je voor te stellen hoe zij de juffrouwen ziet. Irthe vouwt haar lege handen achter haar rug. 'Iemand nog wat drinken?' vraagt ze. 'Heb je de witte wijn al geprobeerd, Paula? En jij nog een biertje, Tom?'

'Jullie hebben er weer een hoop werk van gemaakt,' zegt de timmerman op zijn vriendelijke wijze. De meeste mensen mogen hem graag. Ze vergeven hem zelfs dat hij van de verkeerde kerk is.

'En dat zo helemaal zonder Gilles,' benadrukt hij.

Irthe blaast een lok haar uit haar gezicht. Bestaat er dan werkelijk geen enkel ander onderwerp van gesprek meer?

'Jullie zullen hem trouwens wel missen,' leeft hij mee.

'Maar dan waarderen jullie hem straks tenminste eens te meer,' zegt zijn vrouw, zij van de verre bloedbanden met Gilles, haar Gilles, die in Het Hemelse Gerecht vanzelfsprekend wordt miskend en vast nog onderbetaald ook – dat staat allemaal op haar gezicht geschreven. 'Hebben jullie eigenlijk nog wat van hem gehoord?'

'Dat wilde ik jullie net vragen,' zegt Irthe. 'Het is toch idioot dat we maar niets van hem vernemen.'

'Hoe lang blijft hij alles bij elkaar trouwens weg?'

'O,' zegt Irthe, 'je bedoelt in verband met het doopfeest van zijn petekind. Ga je iets groots organiseren?'

'Nou ja, niet zoals hier natuurlijk. Dat kunnen wij ons niet veroorloven. Wij kunnen het niet zo breed laten hangen. Alleen aan luiers ben je al een kapitaal kwijt.'

Er valt een stilte. Dan zegt Ange, met een verstrooide blik op het dure kind, alsof ze vergeten was dat ze het nog steeds vasthield: 'Als jullie krap zitten, heb ik wel een karweitje voor je, Willemse.'

'En ik dacht dat jij alles zelf kon,' zegt de timmermansvrouw vijandig. Ze bloost van woede: wij hoeven niets van de bedeling!

'Wat moet er dan gebeuren?' vraagt haar man neutraal.

'Ja, waar denk je in 's hemelsnaam aan?' zegt Irthe. Die lange tenen ook altijd! Alsof men heel wat is! Tweeëntwintig, geen grotere prestatie geleverd dan een kind te baren en toch al met de neus in de wind!

'Een bootje,' zegt haar zuster. 'Daar hadden we het laatst toch over, Irthe, dat we eigenlijk wel weer een bootje zouden willen hebben.'

'God ja,' zegt Irthe. Ze krijgt een visioen van koelte om zich heen. Gewoon wat dobberen. Je eindeloos voort te laten drijven in plaats van je almaar te moeten inspannen om alles in de hand te houden. Ze is haar zuster meteen zo dankbaar, dat ze haar armen uitstrekt en haar van baby Willemse verlost.

'Moet ik eerst offerte doen?' vraagt de timmerman.

'Welnee, maak maar wat. Om in te schuitjevaren.'

'Dat jullie je niet meer door Wim Bartels hoeven te laten rondroeien, zoals onderlaatst,' concludeert Paula.

'Jou ontgaat ook niets,' zegt Irthe. Wat een onaangenaam idee. Maar dan treft de gedachte aan Gilles, voor de buitenwereld verborgen, opgesloten in zijn eigen vuil, haar als een opwindende stroomstoot. Ze kan niet verhinderen dat haar hoofd zich vult met verbijsterende obsceniteiten.

Verward buigt ze zich over de baby en knijpt die zachtjes in zijn wang. Pas nu valt haar op hoe droog en heet hij aanvoelt. 'Is hij niet veel te warm ingepakt?' vraagt ze.

Met een beledigd gezicht neemt de moeder het jongetje uit haar armen. 'Dat wil dokter zo,' zegt ze nors. 'Nooit een pasgeboren kind aan de zon blootstellen. Me dunkt dat hij weet waar hij het over heeft.' Meteen zet de kleine Gilles het hartverscheurend op een huilen.

'Wat heeft hij nou ineens?' vraagt de vader ongerust.

Zijn vrouw wiegt het tierende kind. 'Alweer een volle luier, zo te voelen. Hij zal toch niet aan de diarree raken?'

De alledaagse werkelijkheid van het moederschap: Irthe kokhalst.

Maar is het tuinfeest niet weer een succes? Zo gastvrij als ze in Het Hemelse Gerecht zijn! Er zijn nog volle flessen en een volle fles is geen gezicht, dat zijn zo van die wetmatigheden! Wie mist de schotels vol versnaperingen die Irthe, hopend dat Paula Willemse niets opmerkte, snel in de afvalemmer heeft gegooid? Verkleurde tartaarbroodjes. Ingestorte kippenleverpasteitjes op slap neerhangende slabladeren. Vliegen op de ansjovissandwiches. En de mayonaise van de Russische eieren geschift. Weg ermee, voordat er iemand ziek van zou worden. Gelukkig is de eetlust met deze temperatuur gering.

Twee dagen later begraven ze hun parkieten onder de kastanje in de tuin. Ze hebben een paar emmers water tussen de wortels gegoten om de spade in de uitgedroogde grond te kunnen wrikken.

'We moeten maar wachten met nieuwe te nemen totdat de hitte voorbij is,' zegt Ange. Ze gaat naast het graf in de schaduw zitten. Het is pas elf uur, maar ze is nu al doodop. De ochtenden zijn het ergst: je zou denken dat de nachten een kwelling moesten zijn, maar juist bij het ontwaken begint de nachtmerrie. Elke ochtend opnieuw geboren te worden tot het besef verstoten te zijn, om niks, zomaar. Versmaad en afgedankt. En de wereld stopt niet eens met draaien: je bent door je man verlaten, maar de petits pois hebben gewoon net als anders een bouquet van voorjaarsuitjes en peterselie nodig. Elke keer dat je in de geest even vrij bent van het verschrikkelijke dat je is overkomen, word je er door de alledaagse dingen weer aan herinnerd: hier hoort Gilles bij te zijn.

Anges hart begint te bonzen bij de gedachte aan haar man. Ze bet haar voorhoofd en wrijft haar handen droog.

Ze slikt: zoals hij naar haar kijkt als ze hem zijn eten brengt. Alsof ze het meest afstotelijke schepsel op aarde is. Hij praat ook niet meer tegen haar. Als ze hem iets vraagt, wendt hij zijn blik af. Het liefst zou ze hem voorlopig niet meer onder ogen komen. Ze neigt ernaar de transporten van beneden naar boven maar helemaal aan Irthe over te laten, die erin slaagt volkomen onaangedaan te blijven.

'Leg me nou eens uit hoe je dat doet,' zegt ze afgunstig.

Haar zuster fronst haar wenkbrauwen. 'Wat moet ik uitleggen?'

'Nou, vannacht bijvoorbeeld. Toen je boven was. Hoe doe je dat toch zo gemakkelijk?'

'Vannacht? Wat moet ik nou in het holst van de nacht op zolder?'

'Ik dacht dat ik je hoorde,' zegt Ange verbaasd. Ze vouwt haar handen achter haar hoofd en leunt tegen de boomstam. Afwachtend kijkt ze haar zuster aan.

'Je zou jezelf eens moeten zien,' zegt Irthe.

'Hoezo?'

Irthe imiteert het gebaar en zet een priemende inquisiteursblik op. Nu kan Ange ook niet meer zeggen: 'En toen ik dacht dat ik je boven hoorde, ben ik voor alle zekerheid even in je kamer gaan kijken.' Ze zwijgt en trekt met haar vinger figuurtjes in de vochtige aarde waaronder de parkieten rusten. Waarom is ze eigenlijk naar Irthes kamer gegaan, zo steels, zo slinks? Hun leven lang hebben ze nog nooit één geheim voor elkaar gehad. En trouwens, ze vraagt het haar nu toch ook in alle openheid?

'Luister eens,' zegt haar zuster, 'moeten we eigenlijk niet eens een besluit nemen over het terras?'

Anges hoofd staat niet naar het terras. Ze wil niet van onderwerp veranderen, en de snelheid waarmee dat gebeurt, verontrust haar.

Want toen ik vannacht naar je kamer ging, Irthe, toen was jij daar niet.

'Ik bedoel,' herneemt Irthe, 'normaal gesproken zouden

we rond deze tijd allang buitenbediening doen. En met dit weer helemaal. We derven op deze manier inkomsten. Ik heb het gisteren nog nagekeken. Heb je enig idee wat dat scheelt, per week?'

Irthe en haar eeuwige boekhouding! Irthe en de baten en de lasten! Als je een nieuwe oven nodig hebt, moet je er zo ongeveer op je knieën om smeken, en vervolgens gebeurt er nog niks.

Gehinderd zegt Ange: 'We zitten toch zeker avond aan avond vol, tot in tijden van overstroming toe! Het geld moet met bakken binnenkomen.'

'Het gaat er ook met bakken uit.'

'Waaraan dan in 's hemelsnaam?'

'Doe toch niet altijd zo wereldvreemd, Ange. We hebben onze premies te betalen, en onze belastingen, en de hypotheek, en de precariorechten, en de verontreinigingsheffing, en de btw...

'btw van wat?'

'En God weet hoeveel verzekeringen en oudedagsvoorzieningen.'

'Nou, maar aan mij ben je verder weinig kwijt. Wat kost ik nou per jaar? Hooguit drie schorten!'

'Wat bezielt jou ineens?' vraagt haar zuster. Ze knijpt haar ogen half dicht tegen de zon en houdt haar hoofd schuin. 'Wou je soms zelf de boeken zien? Vertrouw je me niet?'

Ange voelt dat ze bloost. Vannacht was ik op je kamer, Irthe, en jij was er niet. Onhandig zegt ze: 'Ja sorry hoor, maar het klonk even alsof ik me hier het lendewater sta te koken voor niks. En het is ook zo hels heet.'

'Wij zitten tenminste nog in de schaduw,' zegt Irthe veelbetekenend. 'Maar wat doen we nou met het terras?'

Ange doet haar best. 'Durf jij het dan aan om op dit moment personeel te huren, dat in en uit loopt en constant in de gaten gehouden moet worden?'

'Dat zat ik me vannacht natuurlijk ook af te vragen.'

'Vannacht?'

'Ja, ik had zo'n last van maagzuur, dus toen ben ik eruit gegaan om wat melk te drinken, en omdat ik toch klaarwakker was, heb ik de boekhouding even bijgewerkt. Vandaar dat ik op die gedachte aan het terras kwam.'

'Ach,' zegt Ange.

'Ach wat?'

'Ach, komt tijd, komt raad.'

'Dat is wel te hopen,' zegt haar zuster. Ze bestudeert haar nagels, brengt dan haar duim naar haar mond en knaagt er even aan. 'We zullen op termijn iets moeten bedenken,' zegt ze vaag.

Ange zet haar ellebogen op haar knieën en laat haar hoofd in haar handen rusten. Soms heeft zij zo haar inspiratie. Waarom zou ze eigenlijk niet even snel heen en weer vliegen – Casablanca! Hoe zijn ze daar toch op gekomen? – en in zijn handschrift een stel kaarten versturen, om de druk wat van de ketel te nemen? Ze ziet zichzelf in de oude medina al ansichten uitzoeken, ze onderhandelt over de prijs, ze is toevallig niet van gisteren, en als ze Gilles zo meteen treft op het terras waar ze hebben afgesproken, zal hij zeggen – maar hij is er niet, er is helemaal geen reden om naar Casablanca te gaan. 'Hij belt ons wel,' zegt ze, 'met de groeten aan iedereen.'

'Wat?' zegt Irthe. 'O, ik snap het al. Dat is geen gek idee. Maar ik bedoelde meer iets, hoe heet het, iets structureels. Een oplossing.'

'Ik wil er niet eens over nadenken,' zegt Ange naar waarheid: elke gedachte aan haar man is te pijnlijk. Werkelijk, Gilles! Moeten wij ons het hoofd over je breken, moeten wij woorden aan je vuil maken terwijl jij zelf niet eens een verhaal hebt? Had dan een reden gegeven. Een verklaring!

'Okay,' zegt Irthe simpel. Met gekruiste benen zit ze tegenover haar in het uitgedroogde gras. Ze speelt met een grashalm, windt die om haar vinger, steekt hem dan in haar mond: Irthe van het tabellarisch kasboek, de BTW, de gevreesde inkomstenderving en de computer, zit als een kind in het gras. Innemende Irthe. Is zij niet iemand van wie je automatisch houdt? En toch is ook zij verstoten. Daar in het gras zit een afgewezen vrouw. Nu neemt ze de grashalm uit haar mond en pakt Ange bij haar enkel. 'Water-bloed,' zegt ze.

Het zweet breekt Ange uit daar waar hun huid contact maakt. Irthes hand rust zwaar op haar been. Die hand heeft Ange ooit in de hare gehouden terwijl ze gecompliceerde dingen uitlegde: bij het oversteken kijk je eerst naar links, dan naar rechts en dan weer naar links. Nee, Irthe, niet alleen met je hoofd zwaaien, echt kijken! Ze ziet hoe die hand nu haar enkel omvat, en onwillekeurig denkt ze: blok aan mijn been.

'Wat is er?' vraagt Irthe. 'Je gaat toch niet instorten, meisje? Soms krijg ik het gevoel dat het je allemaal te veel wordt. We moeten gewoon even doorzetten. Hij komt wel tot inkeer.'

Maar op hetzelfde moment duwt tegen de rand van Anges bewustzijn het spiegelbeeld van die onverwachte, redeloze gedachte: innemende, charmante Irthe, Irthe met de lange ledematen en het aanstekelijke, onstuimige temperament, ben jij soms mijn paspoort naar het geluk geweest? Was jij de aantrekkelijke, en werd ik op de koop toe genomen?

'Wie het eerst bloedt, mag een wens doen,' zegt haar zuster, haar de afgekloven grashalm toestekend.

'En wat zou jij wensen?' vraagt Ange. Ze schrikt van haar eigen stem.

Irthe kijkt haar aan. Zichtbaar van haar stuk gebracht zegt ze: 'Maar we wensen toch altijd hetzelfde?'

'Nou?' vraagt Ange.

'Ja, als je het zo bekijkt, kunnen we natuurlijk net zo goed meteen onze wens doen. Het maakt toch niet uit wie er wint.'

'Wie heeft het over winnen?'

'Ik,' zegt Irthe. 'Dat hoort namelijk bij een spelletje.' Die oogopslag van haar. Dat lachje. Onweerstaanbare Irthe! Goed, dan zat je vannacht over je kasboek gebogen! Wie zegt me dat je dat alle nachten doet?

'Mijn wens,' herneemt haar zuster dromerig, 'is dat het op zolder nog een tijdje vijfenveertig graden blijft.'

Artichauts Sagan vooraf, gevolgd door consommé à la gauloise, dan entrecôte bohémienne met pommes Parmentier, petits pois à la demi bourgeoise, en salade de concombre au fromage de chèvre, en als dessert savarin au rhum: een menu dat vrijwel niets aan de collectie van het museum zal toevoegen. Wrevelig vraagt Irthe zich af waarom Ange daar geen rekening mee heeft gehouden bij de samenstelling van haar maaltijd. Dat doet ze anders toch ook. Er is iets met Ange.

Net wil Irthe haar om opheldering vragen, als een klopje op het keukenraam de komst van de postbode aankondigt. Ze slaakt een zucht en zet zich schrap tegen de tafel. 'Kom binnen, Wim,' roept ze hartelijk.

'Hebben jullie het al gehoord?' vraagt de postbode mistroostig zodra hij een voet over de drempel heeft gezet. 'Kleine Gilles is er niet best aan toe.'

Met een geërgerde blik op Ange, die onverstoorbaar doorgaat met het invetten van een bakplaat, zegt Irthe: 'Ach jee, ik had meteen al de indruk dat dat jochie niet helemaal in orde was. We hebben hem hier nog moeten verschonen omdat hij diarree had.' Gilles' zieke petekind doemt voor haar geestesoog op, en ineens ziet ze het: dezelfde onverzettelijke kin. Die helderblauwe ogen in combinatie met het zwarte haar. De manier waarop de oren iets van het hoofd afstaan. Een kind van hemzelf zou er niet anders hebben uitgezien.

'Hij heeft boven de veertig graden koorts,' vervolgt de postbode, 'en dat met die lamme snikhitte.'

'Zeg dat wel,' antwoordt Irthe werktuiglijk. Onverhoeds is ze besprongen door het alarmerende gevoel dat ze al die jaren misschien wel om een heel andere reden heeft gezwegen dan om Anges gevoelens te ontzien. Het zou kunnen dat ze soms 's nachts wakker werd en dan dacht: wie weet deelt hij met Ange ook een geheim. Een ander verlangen van hem zou alleen aan Ange bekend kunnen zijn. Wat houdt Ange voor haar verborgen?

'Een kindje is toch het mooiste dat er is?' besluit Wim Bartels zijn lamenteringen. Irthe heeft niet naar de rest van zijn uiteenzetting geluisterd en ze heeft zo gauw geen toepasselijke opmerking gereed. Terwijl ze haar gedachten nog probeert te verzamelen, wordt er in de korte stilte een vreemd gerucht hoorbaar. Ze kan het niet meteen thuisbrengen. Peinzend kijkt de postbode omhoog. Ze volgt zijn blik. Haar hoofd begint zo te kloppen dat elk ander geluid erdoor wordt overstemd.

'Staat er ergens een raam te klepperen?' vraagt Bartels. 'Daar moet je mee uitkijken, hoor. Voordat je het weet heb je een dure nieuwe ruit nodig.'

Een koude rilling trekt langs Irthes rug. Die vermaledijde kettingen, waarmee hij hen 's nachts ook uit de slaap houdt. Of zijn emmer, het kan ook zijn emmer zijn.

'Vooruit,' valt Ange uit, 'we hebben nog meer te doen.'

'Wat wordt iedereen toch kribbig van dit weer,' zegt Wim Bartels mild. Hij zoekt in zijn tas. Het bonken klinkt nu alsof het zich vlak boven hun hoofd afspeelt, in plaats van drie etages hoger. Dreunend plant het zich voort door de muren, en bij elke klap krimpt Irthe ineen.

'En nog steeds geen teken van leven van Gilles,' zegt Bartels, terwijl hij de post op tafel legt. Dan verlaat hij met een groet de keuken. Tot morgen. Tot overmorgen. Tot volgende week. Bartels zal er altijd zijn. Bartels, de wandelende krant, de regionale omroep: Bartels, de doorgever van nieuws, de verspreider van geruchten: Bartels die van huis naar huis gaat, met de post als excuus: Bartels binnenlaten is de hele gemeenschap toelaten.

'Een klepperend raam!' hijgt Ange, zodra ze weer alleen

zijn. Ze kijken allebei naar het plafond. Zonder pottenkij-
kers herneemt het geluid zijn ware dimensie. Het is niet
meer dan een bijna onmerkbaar kloppen. Schuldbewust bedenkt Irthe dat hij nog geen ontbijt heeft gehad – daarom
gaat hij zo tekeer.

'Eigenaardig,' zegt haar zuster. 'Dit is de allereerste keer
dat ik hier in de keuken iets hoor. Hij moet toevallig een
plek hebben gevonden die het geluid naar beneden door-
geeft.'

'Ik hoor niks meer.'

'Hij zal moe zijn.'

'We kunnen voortaan toch maar beter de radio aanhou-
den,' zegt Irthe. Ze gaat aan de keukentafel zitten en begint
gedachteloos de post open te maken. Naar dat ontbijt kan
hij fluiten. Want als ze nu ineens naar boven rent, zou dat
hem maar op ideeën kunnen brengen. Verstrooid sorteert ze
rekeningen en bankafschriften.

'Moet je nou horen,' zegt haar zuster terwijl ze perplex
opkijkt van de brief die ze heeft geopend.

'Wat dan?'

'Ze hebben me een Michelin-ster gegeven.'

'Wat zeg je?' roept Irthe uit.

'Een ster! Het Hemelse Gerecht komt in de *Guide Michelin!*'

Irthe grist haar de brief uit de hand. Haar ogen vliegen
over de regels, over de complimenten en felicitaties. Ze
slaakt een vreugdekreet. Goed nieuws is nog nooit zo gelegen gekomen, net nu ze wel een opkikker kunnen gebruiken. O ja, wij zijn de moeite waard! Wij zijn een partij om
rekening mee te houden! De wereld overlaadt ons met eer!

'O Irthe,' brengt Ange uit. Ze slaat haar handen voor haar
mond en barst in tranen uit. Irthe springt op en pakt haar
bij haar schouders: 'Idioot! Geen gejank!'

'Het overvalt me,' mompelt Ange, 'het komt zo onverwacht. Er zal toch geen vergissing zijn gemaakt?'

'Gek,' zegt Irthe. Alle vreugde vloeit uit haar weg bij de

verloren aanblik die haar zuster biedt. Vanaf het allereerste begin hebben ze zonder dat uit te spreken naar dit ogenblik toe gewerkt, en nu stort het als een soufflé onder hun handen in elkaar. Omdat degene met wie ze dit moment van triomf en glorie hadden willen delen alles heeft verpest: het is onmogelijk nog ergens van te genieten. Ook dit heeft hij hun dus ontstolen. Ze zijn nog veel te goed voor hem. Ze zouden de teugels best wat strakker kunnen aanhalen. Waarom zouden alleen zij lijden? Moeten ze hem soms recht doen, terwijl hij hun onrecht heeft aangedaan?

'We hebben wel een glaasje verdiend,' zegt ze verbeten. Ze rent naar de koeling en grijpt een fles champagne. 'Wanneer zou die nieuwe *Guide* uitkomen?'

'Het zal natuurlijk wel een hoop extra werk opleveren,' mompelt Ange. Ze ziet eruit alsof ze elk moment weer in tranen kan uitbarsten.

Ineens voelt Irthe zich tekortgedaan. Zij is er toch? Zij is degene met wie Ange al vijftien jaar samenwerkt. Samen vormen ze het team dat die ster bij elkaar heeft gekookt. Of nee, zelf stond zij immers alleen maar uien te schillen, terwijl Ange haar ongelooflijk luchtige schotels bereidde waarvoor de mannen van Michelin zijn gevallen. Hun erkenning geldt Ange. Irthes aandeel in het geheel bestaat uit servetten die tot gevleugelde kunstwerkjes zijn gevouwen. En verder niks. Want laat Ange haar ooit de zalm pocheren? Krijgt zij ooit iets opwindenders te componeren dan de aurora-saus waaraan niets te verprutsen valt? Ange is de chef! Doe dit! Doe dat! Geef me de basilicum! Waarom zijn de messen niet geslepen? Is er nog andere broccoli dan deze verlepte rotzooi? Wat heb je je nu weer bij de poelier in je handen laten stoppen? Nooit een woord van waardering, al zit Irthe hele nachten op met die stomvervelende boekhouding. Een paar extra armen en benen, dat is ze voor Ange, meer niet. 'Nou, op je ster,' zegt Irthe bitter, terwijl ze de champagne inschenkt.

'Dank je,' zegt Ange. De frons verdwijnt van haar voorhoofd. Ze heft haar glas en neemt een grote slok.

Irthe legt haar handen plat op het tafelblad. Door deze handen zijn miljoenen kilo's groenten schoongemaakt, ontelbare servetten gestreken, eindeloze kolommen cijfers onder elkaar gezet. Duizelig komt ze overeind. 'Ik heb het zo vreselijk warm. En de drank valt niet goed. Ik geloof dat ik even naar buiten moet.'

'Ach kind,' zegt Ange. 'Nou ja, we hebben toch geen tijd voor feestelijke ceremonies. Jij doet zo het beslag voor de savarin, hè? Dan maak ik hem wel af.'

Nog geen pannenkoekenhuis zou Ange zonder haar kunnen drijven! Ze zou geen flensje weten te verkopen! Ze kent het verschil tussen debet en credit niet eens! Maar zij maakt de savarin wel af. En bedankt, Irthe, voor je gelukwens met mijn welverdiende ster!

Half huilend struikelt Irthe door de tuin. Dat mens realiseert zich niet eens dat ze haar succes te danken heeft aan Irthes vermogen haar talent te exploiteren, haar onuitstaanbare bazigheid te verdragen en haar talloze eigenaardigheden voor de buitenwereld verborgen te houden.

Naar adem snakkend werpt Irthe de deur van haar museum open. Hier ligt het bewijs dat ze bestaat. Zelfs een overstroming heeft dat niet kunnen uitwissen. Plank na plank, schap na schap heeft ze de afgelopen weken de schade hersteld. De aanblik van de zorgvuldig schoongemaakte blikjes, potten, flessen, zakken, dozen en pakken heeft meteen een kalmerend effect op haar. Ze pakt een willekeurige fles: de zoveelste augustus negentienhonderdzoveel: soufflé au Grand Marnier: de coupes die met de hand afgewassen moesten worden, omdat de machine kuren had: tot ver na middernacht met Gilles in de keuken. De chef welverdiend, welverdiend hoor chef, in een warm bad. Dat was de avond dat Gilles voor het eerst zei: 'Maar een kind is toch geen onnatuurlijk verlangen?' Irthes hoofd suist. Wat heeft zij zich eigenlijk ontzegd om Anges geluk niet te verstoren? Stond Ange niet genoeg in het middelpunt? Moest letterlijk alles dan om haar draaien?

Irthe zet de fles terug op de plank. Nu haar verzameling eindelijk is opgedroogd, ziet ze plotseling dat de meeste voorwerpen minder ongeschonden uit de zondvloed te voorschijn zijn gekomen dan ze hoopte. Zak met scheur. Blik met roest. Doos met deuk. Door de beschadigingen is alles zijn oorspronkelijke betekenis ineens kwijt, alsof daaronder een geheime bedoeling was verborgen die nu door de oppervlakte heen breekt. Dat het nooit eerder tot haar is doorgedrongen: het is helemaal niet haar historie die zij hier vastlegt – het is het verslag van Anges zegetocht.

Alleen in de keuken te zijn is een hoogst ongewone ervaring. Het bezorgt Ange een onwezenlijk, incompleet gevoel, alsof ze een arm mist, of een been. Ze zou niet moeten drinken, midden op de dag. Haar glas heeft kringen veroorzaakt op de Franse brief en die aanblik maakt de gewaarwording van anticlimax compleet. Waarom heeft Irthe haar in de steek gelaten in plaats van dit moment met haar te vieren? Er zou gelachen en geklonken moeten worden. In plaats daarvan gaat de kookwekker af: de artisjokken zijn gaar, en ze heeft de levertjes voor de vulling nog niet eens geblancheerd.

Automatisch gaat ze aan het werk. Terwijl de lever opstaat, verwijdert ze het harige gedeelte uit de artisjokken. Vlug zet ze de uitgeholde groenten op een bakplaat om gevuld te worden en begint aan haar bewerkelijke soep. Als ze het daarvoor benodigde kippenvlees in de vleesmolen duwt, komt dat lugubere gevoel van de laatste weken ineens weer over haar. Ze kan haar blik niet losmaken van de vermalen flarden die met horten en stoten uit de molen vallen. De kip te zijn onder haar hand! Sta me bij, denkt Ange: met zulke overwegingen krijgt ze geen soep op tafel. Zich vermannend lepelt ze de bechamelsaus die gelukkig al gereedstond door het vlees, maar zelfs als ze er eierdooiers met room doorheen heeft geklopt, verliest het mengsel niets van zijn beschuldigende aanzien. Met natte handen stort ze het in een pasteivorm en zet die au bain-marie weg. Nu heeft ze nog drie kwartier voordat ze de pastel in blokjes kan snijden om aan de soep toe te voegen.

Haastig vult ze de artisjokken. Als ze de garnering van olijven en truffels er maar op krijgt voordat de aanblik van die gekookte levers haar onpasselijk maakt. Net dikke grijze slakken. En elk moment kan de wekker weer gaan, ten teken dat de kirschstroop voor de savarin gereed is. Waar blijft Irthe? Charmante vrouw, ja, maar nergens te bekennen als haar eigen zuster haar nodig heeft. Het deeg voor het dessert zal anderhalf uur moeten rijzen en ook de amandelen moeten nog worden gehakt.

In de verte klinkt de bel van het restaurant. 'Lazer op,' mompelt Ange, terwijl ze gist en suiker vloeibaar roert. Met koeienletters staat er op de deur dat Het Hemelse Gerecht pas om zes uur opengaat. Ze heeft nog maar enkele uren. Iemand die kookt zou met rust gelaten moeten worden. En wie wil eten, kan de kok beter niet voor de voeten lopen.

Opnieuw gaat de bel. Zo onbehouwen als de mensen zijn! Ze verwachten maar dat je de hele dag voor ze klaarstaat. En dan maken ze als blijk van waardering voor je moeite ook nog rustig hun sigaretten uit in de paté. De kookwekker rinkelt: de kirschstroop moet van het vuur, voordat die kristalliseert. Hoe hebben we dit altijd voor elkaar gekregen, denkt Ange murw. Vroeger konden Irthe en zij het toch ook samen af en beschouwde ze hun bedrijf nooit als de spijsvertering zelf, niet dat onverbiddelijke en onontkoombare ritme van identieke, zichzelf herhalende handelingen. Nu voelt ze zich erdoor opgeslokt. Ze rent naar de open keukendeur, doet twee stappen naar buiten, schreeuwt: 'Irthe, godverdomme!' en stormt terug naar het fornuis. Het zweet loopt in stralen langs haar hals. Hoe wordt zij in 's hemelsnaam geacht de kwaliteit te handhaven die haar die vermelding in de *Guide Michelin* heeft opgeleverd? Bevend dekt ze het deeg af en zet het koel weg. Het schrille geluid van de deurbel wordt ondraaglijk. Iemand staat kennelijk met het volle gewicht op de knop geleund. Ange drukt haar handen tegen haar slapen. Wandelaars die hopen thee, ijs of een uitsmijter te kunnen krijgen, zijn doorgaans niet zo vasthoudend. Straks zijn het de mensen van Michelin. Die denken misschien dat ze je nog niet genoeg van je apropos brengen met zo'n brief, die sturen wellicht ook nog iemand met bloemen. Met wie je dan een borrel moet gaan zitten drinken, met een paar amusante hapjes erbij.

'Irthe!' schreeuwt Ange. Ze haalt de kippenpastei uit de pan voordat hij uitdroogt, stort hem op een bord, schuift dat in de ijskast, draait al haar pitten laag en haalt een paar keer diep adem. Ze houdt haar polsen onder de koude kraan en werpt zich wat water in het gezicht. Op de tast fatsoeneert ze haar haren. Onder het lopen wikkelt ze haar schort los en gooit die in het restaurant over een stoel. Het spijt me heren, ik heb ergens ook nog een fraaiere zuster die u vast beter zal bevallen, maar die houdt zich momenteel met haar eigen zaken bezig. Met een ruk opent ze de deur.

'Is papa thuis?' vraagt het kleine meisje met de grote tas dat op de stoep staat met een uitdrukking op haar gezichtje alsof ze elk moment in tranen kan uitbarsten.

'Als je het nou eens rustig vertelt, hè, zonder zo te huilen, meisje,' zegt Irthe aanmoedigend, 'dan kunnen we bekijken wat we verder zullen doen.' Ze strijkt het ontroostbare kind over het haar. Haar vaders zwarte haar, haar vaders blauwe ogen, haar vaders onverzettelijke kin. Gilles, in een zesjarige meisjesuitvoering: Dixie.

'Mama zei,' stamelt Dixie, 'mama zei...' Ze hapt naar adem van ellende.

'Maar het is toch niet normaal?' klaagt haar zuster voor de vierde maal. 'Je zet je kind toch niet bij wildvreemde mensen op de stoep en gaat er dan vandoor, op vakantie?'

'Wat zei mama, Dixie?'

'Dat papa wel thuis zou zijn.'

'Ja,' briest Ange, 'dat heeft ze goed gegokt. Een restaurant is altijd in bedrijf.'

'Hou eens op,' zegt Irthe. Nu heeft haar zuster weer praats, maar toen ze haar daarnet in de keuken aantrof, was ze net zo overstuur als het kind. 'Hoe lang blijft mama weg? Wanneer komt ze je weer ophalen?'

Het meisje rimpelt nadenkend haar voorhoofd.

'Je hebt het vast wel onthouden,' weet Irthe zeker. 'Je moet het alleen nog even opzoeken in je hoofd. Het zit daar vast ergens keurig netjes opgeborgen.' Die gekke knietjes met een deuk erin die onder de shorts uitsteken. Dat glanzende, vlekkeloze vel van een schouder die uit de wijde halsopening van het T-shirt te voorschijn piept. En die klare blik, helderwit oogwit, wimpers waarmee nog niet wordt gekoketteerd.

'Over een week,' zegt Dixie.

'De paasvakantie. Heeft je mama soms net een nieuwe vriend?'

Dixie knikt. Ze steekt haar duim in haar mond, brengt de andere hand naar haar oor en frutselt intens aan het lelletje. Dan vraagt ze langs haar duim: 'Jij moest ook huilen, hè?'

'Allicht,' zegt Ange. 'Dit had toevallig de gelukkigste dag van mijn leven moeten zijn.'

Irthe verbijt een scherpe opmerking. Kan dat mens nou niet eens één keer aan een ander denken? 'Zeg Dixie? Kunnen we niet iemand opbellen? Je oma of zo?'

'Mijn oma woont in Frankrijk.'

'Nou,' zegt Ange gedecideerd, 'dan zetten we jou op de trein naar Parijs.' Ze staat op en begint met onnodig kabaal in een pan te roeren.

'Maar dat zou toch volslagen onverantwoordelijk zijn, Ange!'

'Nou wordt-ie helemaal mooi! Dat kind d'r moeder is degene die onverantwoordelijk is. Dit is toch geen manier, om ons zo voor een fait accompli te stellen.'

'Daarom hoeven wij ons nog niet tot haar peil te verlagen.'

'En hij mocht dat kind anders nooit zien!'

'Ja, maar nu zal het haar goed zijn uitgekomen om Dixie hier te dumpen.' Een kille woede bevangt Irthe. Van dat irrationele, egoïstische wezen heeft hij gehouden. Hij heeft geen onderscheidingsvermogen. Hij heeft geen smaak. God weet waaraan hij nu weer was blijven hangen als ze hem de kans hadden gegeven.

'Wil je een glas limonade?' vraagt ze, zich uit alle macht beheersend.

'Cola, alstublieft.'

'En wil je ook een boterham? Of een kopje soep?'

'Zie ik jou eigenlijk nog aan het werk komen, vandaag?' vraagt haar zuster sarcastisch.

Irthe besluit haar te negeren. Wat zou je je uitsloven voor iemand die er nooit blijk van geeft te beseffen hoezeer je er altijd op uit bent geweest haar gevoelens te ontzien! Anges gevoelens! Het is gewoon lachwekkend. 'Dixie? Ik vroeg of je wat wilde eten.'

'Ik wil wel chips.'

'We hebben alleen maar nootjes.'

'Die nog gehakt moeten worden voor mijn savarin,' snauwt Ange.

'Dan hakken we er wat minder voor jouw savarin,' zegt Irthe giftig. Ze heeft lang genoeg naar haar zusters pijpen gedanst. En dat heeft haar nog nooit iets voor haarzelf opgeleverd. Ze is zesendertig en ze heeft niets op haar naam. Het heeft geen enkele zin dat te ontkennen. Pas als je zoiets onder ogen ziet, kun je er verandering in brengen. 'We houden haar hier,' zegt ze.

Ange roept: 'Ben je gek geworden?'

'Wat moeten we anders? Ze kan niet naar huis, want haar moeder is er niet. En haar vader woont tenslotte hier.'

'De entrecôte bohémienne,' zegt Ange na een ogenblik, 'is bijna klaar. Als jij je nou over de sla ontfermt. Meer vraag ik niet van je.'

Irthe gaat op haar hurken bij het meisje zitten, dat zich vastklemt aan de hengsels van haar reistas. 'Het is niet zo gezellig voor je, dat papa er nou net niet is, hè?'

Dixie schudt haar hoofd, zodat het halflange haar voor haar gezicht valt. Ze veegt het met een ongeduldig gebaar opzij: Gilles' dochter.

'Ik heb hier een stel komkommers liggen,' meldt Ange op de achtergrond met gevaarlijk zachte stem.

'Laat ons nou even,' valt Irthe uit.

'Jij daar,' zegt Ange, 'kun jij komkommer snijden?'

'Ange!'

'Ik kan het met de schaaf,' fluistert Dixie schuw.

'Wij noemen dat een rasp.'

'Ange, laat dat kind met rust!'

'Bij God,' zegt haar zuster verontwaardigd, 'ik wil alleen die komkommers maar kwijt.' Het geweld waarmee ze ze op tafel smijt doet er een op de grond rollen.

Dixie klautert van haar stoel en raapt hem op. 'Nou moeten we hem eerst afwassen, hè?' Smekend kijkt ze Ange aan.

'Geen ingewikkeld gedoe. Schillen is genoeg.'

'Onze poes vindt schillen lekker. Als mama aan het schillen is...'

'Onze klanten niet,' zegt Ange. Ze wendt zich weer tot haar pannen.

Meteen neemt Irthe het kind de komkommer uit handen. Trek jij je maar niks aan van die lelijke Ange Tange Toverheks. 'Hoe heet je poes?' vraagt ze.

Dixie kijkt beteuterd. 'Ik mocht toch de komkommer doen?'

'Nee,' zegt Irthe, 'onze messen zijn veel te scherp. Je mag wel kijken hoe ik het doe.'

'Dat ik dat nog meemaak,' mompelt Ange. 'En denk eraan dat ze nog even met zout gekoeld moet worden.'

Alsof Irthe niet al duizendmaal die onnozele salade de concombre au fromage de chèvre heeft gemaakt. Zwijgend pakt ze een mes. Ze trekt Dixies stoel naast de hare. 'Kom je kijken hoe ik van de schil een hele lange kurkentrekker voor je maak?'

Dixie slaat haar ogen neer. 'Ik wil het zelf doen,' zegt ze tegen de komkommers.

'Nee, lieverd.'

'Van haar mocht het. Waarom mag het niet van jou?'

'Omdat ik waarschijnlijk stukken verstandiger ben,' zegt Irthe.

'Nou, dan ga ik haar helpen.'

'Niks daarvan.' Het ontvalt haar voordat ze er erg in heeft. Snel vervolgt ze: 'Thuis mag je vast ook niet bij het fornuis komen. En ons fornuis is nog veel groter en veel heter.'

Zonder van haar werk op te kijken zegt haar zuster: 'Ik hoop dat je begint in te zien dat we dit niet een hele week om ons heen kunnen hebben. En dan heb ik het nog niet eens over de omstandigheid van je weet wel. We zijn geen kleuterspeelplaats. Als we kinderen hadden kunnen gebruiken, hadden we die zelf wel genomen. Verdomme, ik kom nou al handen tekort. Dinges, Dixie, geef me de schuimspaan eens aan.'

Het meisje staat al bij het fornuis voordat Irthe dat heeft kunnen verhinderen. Ze reikt net tot Anges brede heup. Op het opgeheven gezichtje ziet Irthe die ernstige uitdrukking verschijnen waarmee haar vader je ook altijd zo kon ontroeren. Dan breekt er voor het eerst een aarzelende glimlach door: Dixie ziet de schuimspaan op het aanrecht liggen en overhandigt die met een watervlug gebaar aan Ange. Dixie lacht naar Ange.

Maar waar zal Dixie slapen? De slaapkamers worden wel door nog een etage van de zolder gescheiden, maar het razen is er toch te horen. Zoals jouw papa tekeer kan gaan, Dixie! Terwijl wij nooit iets anders van hem hebben gewild dan wat elke vrouw van haar geliefde verlangt: dat hij altijd bij haar blijft.

Hoe vaak hebben we hem dat niet toegefluisterd tijdens lange nachten waarin de hartstocht alle slaap verdreef? Er was niets dat hij liever hoorde. Er was niets dat hij zelf vaker zei. Voor altijd, voor altijd. Het kan wel zijn dat hij opeens van mening is veranderd, maar daardoor zijn wij nog niet meteen andere gedachten toegedaan! Als mensen bestendiger waren in hun gevoelens, zou er heel wat minder pijn in de wereld zijn. Leer dat van ons, Dixie! Maar kom, zeg nu eerst maar je avondgebedje en kruip dan in de slaapzak. Je boft dat we zo'n heerlijke kelder hebben, koeler is het nergens. En vlak boven je hoor je onze voetstappen in de keuken, zodat je je nooit alleen zult voelen.

Maar 's ochtends heeft Ange er alweer spijt van dat ze zich door Irthe heeft laten ompraten. Uit het raam van haar slaapkamer ziet ze het kind doelloos door de tuin sjokken, van de verwelkte rododendrons naar het terras en weer terug. Ze laat haar voeten door het grind van het tuinpad slepen. Die is natuurlijk al uren op, die hoeft niet tot halftwee te werken, die zal elke ochtend matineus zijn en toezicht behoeven. Maar Ange is niet van zins daaronder te lijden. Met het voornemen haar zuster ogenblikkelijk uit bed te halen schiet ze in een jurk, en hoort op hetzelfde moment Irthe op de zoldertrap. Ze opent haar deur en beluistert het geluid van de voetstappen, die zich naar de overloop van de opslagruimte verplaatsen: Irthe is op weg naar beneden. Weer ben ik er te laat bij, flitst het door Ange heen. Ze ziet de knokkels van de hand waarmee ze nog steeds de deurkruk vasthoudt, wit worden. In de draaiing van de trap verschijnen twee houten klompen met daarin gebruinde voeten. Er volgt een eindeloze hoeveelheid been. Een wit slipje komt in zicht. Een paar krulletjes schaamhaar. Het begin van de welving van een buik. De zoom van een wit hemdje. Gespannen katoen rond stevige borsten. Eén schouder met een fijn spaghettibandje, één schouder waar dat vanaf is gegleden. Een lange, slanke hals. En eindelijk: de terugwijkende kin, het te bolle gezicht. Maar zo met het haar los valt dat minder op.

'Bewaar me,' roept Irthe uit, 'wat sta jij hier als een zoutpilaar?' Ze heeft een paar van de lege melkflessen bij zich die ze gebruiken voor het vervoeren van water.

'Ik kom gewoon mijn kamer uit,' zegt Ange. Er zou geen enkele reden moeten zijn waarom Irthe schrikt alsof zij haar op iets onoorbaars betrapt. Ange wil naar de flessen kijken, maar om de een of andere reden blijft haar blik alleen maar haken aan al dat onbedekte vlees. 'Je zorgt weer goed voor hem, zo op de vroege ochtend.'

Irthe schokschoudert. Ze verliest het andere spaghetti-bandje, ze haalt het op en blaast gelijktijdig het haar uit haar gezicht, de flessen rinkelen. Al die drukte. Al dat gedoe, denkt Ange, om mij af te leiden van het feit dat ze schuldig bloost. 'En dat kind,' barst ze uit, 'is jouw verantwoordelijk-heid!' Met opgeheven hoofd wil ze naar beneden stormen, maar haar zuster komt gelijktijdig in beweging, en een klomp belandt pijnlijk op Anges blote voet.

'Sorry,' mompelt Irthe met neergeslagen ogen, 'maar wat is er dan met Dixie?'

'Die loopt hier al uren in haar eentje rond te schuimen!'

'Welnee! Ik ben speciaal om zeven uur opgestaan.'

Ange kan het niet binnenhouden: 'En sedertdien heb je nog geen tijd gevonden om je aan te kleden?'

Haar zuster werpt een verstrooide blik langs haar li-chaam. 'Nee,' concludeert ze half verbaasd.

Ange klemt haar lippen op elkaar. Zonder Irthe verder nog een blik waardig te keuren gaat ze naar beneden. Haar gekwetste voet doet pijn bij elke traptrede. Ze denkt aan de ontelbare keren dat zij haar zusje eigenhandig heeft aange-kleed. Aan de wanten die ze 's winters aan een koord door de mouwen van Irthes jasje haalde, de sjaal die ze haar om de hals wikkelde, over de capuchon van haar jack heen. Is er ooit iemand op die manier zorgzaam voor háár geweest?

Ze struikelt over de laatste trede. Ja, er is voor haar ge-zorgd. Bijna vijf jaar lang.

Als ze maar niets in de gaten heeft, denkt Irthe, terwijl ze in de badkamer een jurk van het wasrek haalt. Geringschattend trekt ze haar lip op: het bestaat immers niet dat Ange wat dan ook zou opmerken. En het lijkt haar trouwens niet eens iets te kunnen schelen wat er zich daarboven afspeelt. Is het niet typerend dat ze zelfs nooit naar Gilles vraagt als Irthe naar beneden komt? Haar man ligt geplaagd door vliegen en muggen op die ziedend hete zolder, met niets anders om hem af te leiden dan zijn eigen gedachten, en Ange informeert niet eens naar hem. Soms zou je haast bang van haar worden.

Geërgerd neemt ze de jurk mee naar haar kamer. Ieder ander zou toch eens willen weten of de behandeling vruchten begint af te werpen. Maar opsluiting volstaat niet, dat is duidelijk, daarop hebben ze zich verkeken. Om schot in de zaak te brengen zijn hardere middelen nodig. Het is buigen of barsten, denkt Irthe terwijl ze haar tanden poetst. Het liefst zou ze haar jurk nog even vlug strijken, maar dat is verspilde moeite: als ze een uur met Dixie in de tuin heeft gespeeld, zal ze weer iets schoons nodig hebben. Verstrooid bekijkt ze haar blote armen, vergelijkt ze in gedachten met die van Dixie: blank, mollig, nog zonder polsen. Het is zo'n mooi meisje. Zo'n knappe dochter zou zij nooit hebben gekregen. Aan haar is alles te lang en te lijzig, en dan ook nog dat onmogelijke gezicht op die veel te smalle hals, net een aardappel, denkt Irthe misprijzend, van het merk bintje.

Ze gaat voor de spiegel staan. Ze stapelt haar haren op haar hoofd, steekt ze vast, maakt ze weer los, houdt ze in haar nek bijeen. Zinloos is het. Het enige dat haar redt, is haar levendigheid. Als ze geanimeerd is en veel lacht, is ze op haar best. Heeft Dixie al oog voor zulke dingen? Ze kan je zo vorsend opnemen. Zoals ze vanochtend rechtop in haar slaapzak zat, het haar verward om haar gezichtje, een pluchen aap onder haar arm geklemd, de blauwe ogen wijd opengesperd. 'Mama,' zei ze. Maar nee, natuurlijk niet, het was alleen maar het begin van een mededeling geweest. 'Mama zet altijd een glaasje water naast mijn bed voor als ik 's ochtends wakker word.'

'Nou, dan doe ik dat voortaan ook,' had zij gezegd. Je kon de boel toch niet forceren, met zo'n jong kind.

Irthe besluit tot een simpele paardenstaart. Ze strijkt haar gekreukte jurk glad. Zo goed, Ange? Ze opent de gordijnen. In de verte ketst het zonlicht op de rivier. De lucht trilt van de hitte boven de verdorde tuin. Dan ziet ze onder zich de keukendeur opengaan en haar zuster het terras betreden. Ange haast zich naar de vuilcontainer en laat daar schielijk een paar dozen in glijden. Irthes ademhaling stokt. Sinds wanneer worden er in dit huishouden verpakkingen weggegooid?

Niet bij machte te geloven wat ze zojuist heeft gezien drukt ze haar gezicht tegen het glas. Ange draait zich om en gaat weer naar binnen. Alsof het de gewoonste zaak van de wereld is. Even gewoon als het feit dat verderop op de dijk de bestelauto van Van de Wetering nadert met de dagelijkse vleeslevertantie. Lege verpakkingen gooien wij weg.

Verbijsterd gaat Irthe op de rand van haar bed zitten: twee dozen! Maar niet op hol slaan nu. Feitelijk is ze haar hele collectie toch al kwijt; voor haar gevoel heeft ze het museum gisteren immers net gesloten! Vannacht nog heeft ze redenen liggen bedenken om dat voor haar zuster aannemelijk te maken: het was toch altijd maar een grap, nou vooruit, een halve grap dan, maar zoiets moet een keer stoppen, daar gaat de lol vanaf, dat spreekt vanzelf. Misschien moeten we de hele boel maar in de fik steken. Weg ermee. Weg met dat waardeloze monument. Hier wordt niks meer gedocumenteerd. Vanaf nu kun je weggooien wat je wilt, Ange.

Maar het punt is dat haar zuster daar kennelijk al op eigen gezag mee bezig is. Dat tart toch alles! Ze moet onmiddellijk naar beneden om haar ter verantwoording te roepen. Anges schrik. Kan ik niet eens iets weggooien zonder dat jij daar wat achter zoekt? Waar verdenk je me wel van? Ga dan zelf in de container kijken! Die dozen waren helemaal kapot! Mij zo te wantrouwen! Irthe? Heb je zelf soms iets te verbergen?

Langzaam trekt Irthe haar sandalen aan. Eigenlijk kan ze moeilijk over die rotdozen beginnen nu ze Ange net aan haar verstand moet zien te brengen dat ze van plan is het hele museum te ontmantelen. En trouwens, Kees van de Wetering zal inmiddels wel in de keuken zitten met zijn ribstukken en zijn Parma-ham, dit is geen geschikt moment voor een confrontatie. Wat – bespioneer je mij, Irthe? Maar dat moet Ange nodig zeggen: Ange die haar vanochtend onder aan de trap stond op te wachten. Laat ze blij zijn dat Irthe op en neer vliegt en haar daarmee een hoop werk uit handen neemt. Laat zij zich maar bij haar bekroonde fornuis houden, en al die magistrale schotels koken waarmee ze Gilles zo lang heeft vetgemest.

Irthe pakt de flessen die nog steeds bij de deurpost staan en gaat naar beneden om Dixie te zoeken. Als hij maar te drinken krijgt. Op water alleen kan zo'n gezonde, weldoorvoede man het heel lang volhouden. Op vrij weinig water, zelfs.

'Het is een tragedie,' prevelt de slager. Zijn gezicht is bleek, zijn ogen staan glazig en het zweet druipt van zijn voorhoofd.

Ange gelooft nooit dat dit zijn gewone staat is. 'Er was niets dat Henri nog kon doen,' vervolgt hij gedempt, 'het was de ene stuiptrekking na de andere. Met bloedspuwingen en al. Tom Willemse zegt dat hij op het laatst zo heet was dat je je vingers haast aan hem brandde. En ze hebben het kistje meteen dicht moeten maken, vanwege het weer.'

'Wat een vreselijk verlies,' mompelt Ange plichtmatig. Ze is zich pijnlijk bewust dat ze in dit soort situaties niet op haar sterkst is. Geboorte en dood zijn Irthes terrein.

De slager vouwt en ontvouwt zijn sierlijke handen, die er niet uitzien alsof ze ooit varkenspoten splijten. 'Twee weken oud. Een godsgeklaagd drama, anders niet.'

'Inderdaad,' zegt Ange. Met haar rug naar hem toegewend opent ze tersluiks het deksel van de doos waarin hij haar bestelling heeft afgeleverd. Een onplezierige lucht komt haar tegemoet. Ze slaat het vetvrije papier argwanend terug en vouwt het meteen vol weerzin weer dicht. Zo bont heeft hij het nog nooit gemaakt.

'Overmorgen wordt hij al begraven,' zegt de slager. 'Jullie komen toch ook, Irthe en jij? Waar is ze trouwens?'

Bijna snauwt Ange: 'Wat doet dat er nou toe?' Altijd vragen de leveranciers naar Irthe, alsof zij degene is die hun waren verwerkt. 'Je zult het vandaag met mij moeten doen,' zegt ze kortaf en ze krijgt meteen de pest in omdat haar zuster een dood kind en een doos bedorven vlees bespaard blijven. Als die man nog terug moet om haar bestelling te vervangen, mogen ze trouwens weleens opschieten, anders komt haar marinade in het gedrang. Met tegenzin stelt ze voor: 'Zullen we dan maar ter zake komen?'

'Ja, neem me nou niet kwalijk,' roept Van de Wetering uit, 'ik dacht dat we het over een begrafenis hadden.'

'Pardon?' vraagt ze onthutst.

'Er is een kind dood! Het kind van een van onze buren! Het hele dorp loopt uit om te rouwen!'

Ange heeft de indruk dat haar een verwijt wordt gemaakt. 'Maar wij wisten immers van niets! Jij bent vandaag vroeger dan de post.'

'Dan nog,' zegt Van de Wetering. 'Je vraagt niet eens wat het was.'

'Stuipen, zei je toch?'

'Hersenkoorts! Henri zegt dat het hersenkoorts was. En dat bij zo'n klein wurm.'

'God nog aan toe,' mompelt Ange. Die Henk is toch werkelijk een kraan: hersenkoorts, een kwaal die alleen in negentiende-eeuwse romans voorkomt! Er vangt een soort zieden in haar hoofd aan, als water dat het kookpunt heeft bereikt en vervolgens niet wordt afgezet: ze is hier omringd door incompetente idioten.

Van de Wetering maakt aanstalten zijn verhaal te vervolgen, maar staat dan ineens op. 'Mag ik even gebruik maken van het toilet? Ik geloof dat ik het nou ook te pakken heb.'

'Wat? Hersenkoorts?'

'Die zomergriep, die zo heerst. Iedereen heeft het.'

Ange gebaart in de richting van de wc. Die man drinkt bij deze temperatuur natuurlijk steeds gekoelde dranken, dat zal ook weer zo'n advies van die kwakzalver zijn. Maar darmklachten zijn nog geen reden om vlees af te leveren waar de maden bij wijze van spreken uit kruipen.

De slager komt de keuken weer binnen, met beide handen over zijn glimmende gezicht wrijvend. 'En een koppijn dat ik heb. Die verdomde hitte.'

'Je moet veel thee drinken,' zegt Ange. Ze krijgt een idee. Ze zal hem een kop thee geven. En dan zal ze in alle rust over zijn bestelling beginnen.

'Ja, dat zegt Henri ook.' Van de Wetering haalt zijn portefeuille te voorschijn en zoekt tussen de papieren. 'Ik heb hier nog de rekening van jullie feest laatst en daar heb ik de rest van deze week bij gezet.'

'Ik weet alleen niet,' begint Ange behoedzaam.

'Dat heb ik met Irthe afgesproken, hoor, dat is goed zo.'

Ange beheerst zich. 'Ik weet alleen niet,' probeert ze andermaal.

'O, maar ze bewaart de cheques daar,' knikt Van de Wetering naar een lade onder het aanrecht: 'Daar liggen ze.'

Natuurlijk weet Ange niets en kan Ange niets, dat is algemeen bekend, daar is iedereen het over eens, Ange staat hier de hele dag alleen maar een beetje te koken, en dat kan elke onnozele hals, aan Ange heb je niets als het om zaken gaat, daar moet je haar zuster voor hebben, die heeft de hersens van de familie.

'Het enige dat ik niet weet,' barst Ange eindelijk uit, terwijl ze opspringt en de doos van het aanrecht grijpt, 'is waarom ik genoegen zou moeten nemen met dit soort rommel.' Ze rukt het deksel los en gooit een verkleurde karbonade op tafel.

Ook Van de Wetering is gaan staan. 'Maar een uur geleden was dit nog een prima lapje,' stamelt hij.

'Dat lijkt me onwaarschijnlijk.'

'Het zal hier te heet zijn, met dat fornuis aan, en alles. Je had het ook meteen in de koeling moeten leggen. Dat doet Irthe tenminste altijd.'

Ange ziet dubbel van woede. Ze propt de karbonade terug tussen het vetvrije papier, pakt de hele doos en smijt die in de afvalbak. 'Hiervoor betaal ik niet.'

Van de Wetering opent zijn mond en sluit hem weer. Hij beweegt zijn kleine handen alsof hij gehakt kneedt. In twee stappen is hij bij de afvalbak. Hij werpt de doos weer op tafel. 'Ik heb deze waren in voortreffelijke staat afgeleverd,' snauwt hij met dunne lippen.

'Maar ik zal ze niet betalen. Niemand kan me verplichten bedorven spullen af te nemen, met wat voor uitvluchten je ook komt aanzetten.'

'Ik wil Irthe spreken,' zegt de slager. Hij gaat weer zitten.

'Dit wordt nú geregeld. Door mij. Ik ben hier de chef. Ik moet met die rotzooi werken.'

'Maar ik doe zaken met je zuster.'

'Met mijn restaurant,' corrigeert Ange hem trillend.

'De bedrijfsleidster van dit restaurant heeft nooit klachten,' zegt Van de Wetering zelfverzekerd.

'Is dat zo?' Ange is op slag buiten zichzelf.

'Nooit, in al die vijftien jaar niet.'

'Ben je soms vergeten dat we nog bij je zijn wezen reclameren vlak voordat het zo begon te gieten? Dat is amper een maand geleden!'

'Maar dat was jij! Zij was er wel bij, maar jij deed het woord, Ange! Jij hebt nou eenmaal altijd wat op je lever.'

Ange ziet haar zuster weer zwijgend naast zich voor de toonbank staan. Irthe die wel uitkijkt om iemand tegen zich in het harnas te jagen, Irthe die alleen thuis een grote bek heeft. Irthe die thuis alles met haar grote bek heeft vergiftigd en verpest. Zeg nou zelf, Ange: zat jij je man ooit op z'n nek? Maakte jij van elk detail een drama? Moest jij je voortdurend laten gelden? Voerde jij het ene spektakel na het andere op, om niets? Heb jij hem verdreven met je onredelijke geruzie?

'Nou, laten we er verder niet over kibbelen,' zegt de slager op een toon alsof hij het tegen een van zijn eigen jongens heeft. Hij legt de rekening, die op de vloer is gevallen, demonstratief boven op de doos. 'Als je die nou aan Irthe geeft, komt het wel in orde.'

Hij is al bij de deur als Ange zichzelf hoort zeggen: 'Ik denk niet dat Irthe dit betaalt.'

Van de Wetering draait zich dreigend om. Klankloos zegt hij: 'Zo, denk je dat?'

Nu kan ze niet meer terug. Koortsachtig gaat ze verder: 'Als het aan haar had gelegen, hadden we allang een andere slager gezocht. Ik heb je al die tijd de hand boven het hoofd gehouden. Maar na wat je hier vandaag hebt afgeleverd, zou ik echt niet meer weten hoe ik Irthe op andere gedachten moet brengen.'

Een suizende stilte vult de keuken. De slager wipt op zijn voetzolen heen en weer, als broedt hij op een weerwoord. Dan verheft hij zich plots op zijn tenen, het lijkt alsof hij zichzelf afschiet, met bijna dansende passen stuift hij naar de keukentafel, schept met beide handen enkele stukken vlees uit de doos en begint die in het rond te smijten.

'Hou daar onmiddellijk mee op,' schreeuwt ze.

Van de Wetering zwaait met een stuk varkenshaas. 'Of anders?' snorkt hij. Half buiten zinnen komt hij dichterbij, met zijn bebloede handen uitgestrekt. 'Ik begrijp toch goed dat deze bestelling niet op prijs wordt gesteld?'

Ze schraapt haar keel. 'Nee, inderdaad.'

Op dat moment zwaait de keukendeur open. Dixie draaft naar binnen en staat dan in haar vliegende vaart stil. Ze kijkt verbouwereerd om zich heen. 'Je hebt allemaal vlees laten vallen!' roept ze uit.

'Kom eens hier,' zegt Ange neutraal.

Dixie bukt zich, raapt een biefstuk op, legt die op tafel, bukt zich weer.

'Kom eens hier, kind.' Ze steekt een hand uit, klopt daar dan mee tegen haar dijbeen.

'Hebben jullie het per ongeluk laten vallen?' vraagt Dixie terwijl ze tergend langzaam naderbij komt, totdat Ange haar bij de schouders kan pakken. 'Dit is meneer Van de Wetering, Dixie.'

Ze draait het meisje om, zodat het oog in oog met de slager komt te staan. 'En dit is de dochter van onze Gilles.'

'Dag meneer,' zegt Dixie.

De slager lijkt in de laatste ogenblikken geslonken te zijn. Ange kan weer net als altijd over hem heen kijken. Hij wendt zich half af, als iemand die toch al op het punt van vertrekken stond.

'Zat het allemaal in die doos?' ontdekt Dixie.

'Ja, stop het daar maar in, dan neemt meneer Van de Wetering het weer mee naar huis.'

'En wat zet jij vanavond dan op tafel?' daagt de slager uit.

'Misschien wel waterkonijn.' Ange laat Dixie los. Tartend slaat ze haar armen over elkaar. 'Is het jouw zorg, wat ik hier serveer, Van de Wetering?'

De slager graait de lappen vlees bijeen. Zonder nog een woord te zeggen verlaat hij de keuken.

Ange zinkt in een stoel. Ze wil niet eens proberen te begrijpen wat zich zojuist heeft afgespeeld. Ze zal de poelier bellen om extra gevogelte. En misschien zit de visboer toevallig goed in de zalmforel.

'Eten koeien alleen gras?' vraagt Dixie.

'Wat zeg je?'

'Eten koeien alleen gras?' Het kind heeft een pollepel van het aanrecht gepakt en schept daarmee geconcentreerd water van de ene gootsteenbak in de andere.

'Wat bedoel je?' vraagt Ange lusteloos.

'Ze bijten mensen niet, hè?'

'Welnee.'

'Maar ik vind ze zo groot.'

'Ik heb een hoop te doen,' zegt Ange. 'Ga jij nou maar

weer naar buiten, lekker in de tuin spelen.'

Dixie slaat haar ogen neer. 'Irthe is in de tuin.'

'Nou en?'

'Die wil dat we samen een koe gaan voeren.'

'Dat lijkt me een prima idee,' zegt Ange beslist.

'En wind, wat is dat eigenlijk? Weet jij dat?'

'Ik denk dat Irthe op je wacht.'

Nadenkend zegt Dixie: 'Ik geloof dat de wind te maken heeft met de wolken.'

'Misschien,' zegt Ange. Een vreemde apathie maakt zich van haar meester. De wind en de wolken – het heeft wel iets van een slaapliedje.

'Maar ik wil jou liever helpen met koken. Ik kan een spiegelei maken.'

'En die koe voeren dan?'

'Dat vind ik eng.'

'Maar ze eten geen mensen hoor. Alleen maar gras.' Het spijt Ange haast dat hiermee het uitgangspunt weer is bereikt en de zaak dus als afgerond beschouwd kan worden. Nu moet ze zich weer aan haar plichten wijden.

Dixie kijkt dubieus. 'Maar als ze nou heel erge honger hebben?'

Ange staat op. 'Het is precies andersom. Mensen eten koeien.' En meteen ziet ze de riblappen van hoe heet hij, Van de Wetering, weer voor zich, en haar keel wordt droog: de volgende keer trekt die vleesknecht misschien een mes als ze het waagt iets over zijn rosbief te zeggen.

'Eten mensen koeien?' overweegt Dixie dromerig. Het denkbeeld lijkt haar te bekoren.

Ange gaat weer zitten. Wat de mensen allemaal eten! 'Een koe, een kalf, een heel paard half,' somt ze op.

'Dat is holle bolle Gijs!'

'Ja. Al die versjes heb ik nog aan Irthe geleerd, toen we klein waren.'

Dixie plenst in de gootsteen. 'Ik vind Irthe stom.'

'Kom kom,' zegt Ange half instemmend.

'Ze zit de hele tijd aan me. Ze frunnikt! En ik wil geen koeien voeren. Ik wil jou helpen. Met de rasp of zo. Of afdrogen, dat doe ik thuis ook altijd voor mama.'

Haar gezichtje staat op huilen, ziet Irthe door het keukenraam als ze aan komt lopen. Tien minuten alleen met Ange, en al bijna in tranen. Ze bedwingt de aanvechting om naar binnen te rennen: naarmate verdriet langer duurt, is troost ook welkomer. Voor zo'n jong kind moet je de dingen helder structureren, want uit zichzelf wordt het nog niet wijs uit het leven. En voor Kees van de Wetering hoeft ze zich ook niet meer te haasten, die is ze al misgelopen. Stom dat ze er niet aan heeft gedacht dat ze vandaag die achterstallige rekening aan hem zou voldoen. Misschien is het voor Dixie wel een leuk uitje om naar het dorp te wandelen en even bij de slagerij langs te gaan. Het zal gezellig zijn met haar door de bekende straten te lopen, de mensen zullen stilstaan en een praatje aanknopen. Van de Wetering zal Dixie een plakje worst willen geven, maar eerst zal hij Irthe vragend aankijken: hij wacht altijd beleefd op de toestemming van de moeders voordat hij hun kinderen verwent. Ze wil hem niet voor het hoofd stoten, maar de eetlust van een zesjarige is nu eenmaal snel bedorven, en dan komt er niets meer van de speciale traktatie die Irthe in gedachten heeft. Dixie en zij zullen naast elkaar aan de kleverige counter van de snackbar bij de benzinepomp zitten en hongerig afwachten totdat er een platgeslagen bal gehakt druipend van het vet op een slap broodje wordt gelegd om te worden bedolven onder klodders tomatenketchup en uienringen die geblakerd zijn als stukken houtskool. Zo'n hartverlammende hamburger: daar houden kinderen van, en niet van ingewikkelde liflafjes uit de *Guide Michelin*.

Als Dixies papa eens wist hoe zijn kleine meid wordt onthaald. Of anders Ange wel, die trouwens net aan Gilles moet denken, ofschoon ze dat steeds dringender probeert te vermijden. Op zoek naar haar knoflookpers heeft ze een la opengetrokken en is onverhoeds op een oude zonnebril van hem gestuit. Ze staart ernaar, terwijl haar bewustzijn langzaam volloopt met het besef dat er niemand anders in huis is: zij is alleen met haar man onder dit dak. Levensgroot doemt hij voor haar op, zoals ze hem de laatste keer zag, als een beest aan zijn ketting, met een baard van weken, grauw, en glinsterend van het zweet. Ange laat dat beeld even op zich inwerken. Dan schuift ze met een klap de lade weer dicht en denkt ontzet: maar dit kan zo niet langer!

Hoe langer hij voet bij stuk houdt, hoe onverbiddelijker ik zal moeten optreden, denkt Irthe. Maar nu hij al een paar dagen niets heeft gegeten en steeds minder te drinken krijgt, zal hij ongetwijfeld spoedig bijdraaien. Hij zal haar smeken, en daarmee zal het evenwicht weer hersteld zijn. 'Lekker?' vraagt ze aan Dixie, terwijl ze met welbehagen registreert hoe het meisje in haar hamburger bijt. Ze is precies een ernstige kleine eekhoorn, zoals ze met keurig gesloten lipjes zit te kauwen. Haar bovenlip is hartvormig, net als die van Gilles. Irthe kan de afdruk ervan nog altijd op haar huid voelen. Was dat niet waarvan we vroeger droomden, toen we van de liefde droomden: dat er ooit iemand zou zijn die ons wel kon opvreten?

Met huid en haar!

Naast haar legt Dixie de hamburger waarin ze zojuist nog gretig hapte, ineens neer. 'Ik hoef niet meer,' zegt ze onverschillig, terwijl ze opstaat en haar aandacht naar de flipperkast verplaatst. De tranen springen Irthe in de ogen: ze is terzijde geschoven als een half opgegeten kroket. Maar ze zal zijn trek weer opwekken. Het is alleen maar een kwestie van tijd. Want uiteindelijk is de mens maar voor één ding gemaakt: om te eten.

Dit kan zo niet langer, denkt Ange andermaal, met haar hand nog steeds op de lade waarin ze haar vondst deed: ze kan niet elke keer dat ze knoflook moet persen van de kaart raken. Ze moet zijn bezittingen, zijn kleren, zijn boeken, alles wat het huis nu nog her en der ondermijnt, weggooien of verbranden. Hij zal uit haar leven en haar gedachten worden gebannen, alsof hij er nooit is geweest. Maar het zou wantrouwen wekken als ze dat deed. Het is in zekere zin een zegen dat Irthe telkens zegt zijn eten al naar boven gebracht te hebben: zij hoeft hem niet meer onder ogen te komen. Maar ze voelt hem daar zitten, iedere keer dat ze iets vindt wat aan hem herinnert, en ze wil hem niet voelen, ze wil zich hem niet herinneren.

Ze draait de lade haar rug toe, maar de zonnebril blijft op haar netvlies staan. Die stamt uit de periode voordat hij bij zomers weer overging op een slappe rieten hoed, die hij met veel vertoon van bonhommie droeg. Ze probeert dat beeld in haar geest te vermorzelen. Kon ze haar geheugen maar vernietigen!

Een groot glas wodka zou nu wel een goed idee zijn – dat zal Irthe straks niet ruiken, geen verwijten van Irthe, alsjeblieft. Ange schenkt zich in. Na de eerste slok bedaart ze al. Wat valt er eigenlijk nog te vernietigen? Is hij daarboven niet allang compleet gereduceerd tot de lagere levensvorm die onder zijn charme altijd verborgen moet zijn geweest? Haar man bestaat niet meer, in feite al weken niet meer, begint ze langzaam in te zien. Eigenlijk heeft hij zichzelf reeds opgeheven toen hij hier weg wilde. Door haar op te offeren aan zijn verlangen van Irthe af te komen, die hij eerst zo nodig hebben moest, is hij een ander geworden. En die ander interesseert Ange niet. Irthe mag hem hebben. Dat is zijn welverdiende loon. Zijn bestaan zal haar vroeg of laat gewoon ontschieten.

Ondanks de hitte zijn alle tafels nog steeds gereserveerd. Men bestelt koude avocadosoep en verse zalm, men probeert juffrouw Irthe niet te ergeren, die zonder een woord de sherry voor in de soep en de mierikswortelsaus voor bij de vis op tafel smijt. Wat kan het haar schelen dat de gasten haar bevreemd aankijken? Men komt hier in de eerste plaats voor haar zusters verbazende schotels en niet om te controleren of zij die wel met gepast enthousiasme aansleept.

Werktuiglijk brengt ze een menu naar de drie, en merkt pas als ze zijn stem hoort dat Henri daar zit. 'Wat zie je wit,' observeert hij.

'Warm,' zegt Irthe. 'Sorry, druk.' Beneden in de kelder slaapt een klein meisje naar wie ze wel de hele nacht zou willen kijken, maar de mensen moeten eten. Dit werk is geen leven. Het is alleen vol te houden als je het verricht met mensen die je leven zijn, als je al doende kunt lachen en liefhebben, als je vervuld bent.

Wanneer ze de laatste gasten de rekening heeft gebracht, een paar minuten discreet heeft afgewacht, de cheque heeft gecontroleerd, en het grapje over de jassen heeft doorstaan, voelt ze zich geradbraakt. Maar aan tafel drie talmt Henri nog met een cognacje. Hij wenkt als hij haar uit de verte ziet toekijken: 'Kom nou eens even zitten en drink er ook een van me.'

Irthe kan zich niet heugen wanneer iemand dat voor het laatst tegen haar zei, en het vriendelijke gebaar stemt haar mild. 'O Henri,' zegt ze hoofdschuddend: met welk ander oogmerk komt die oude man hier op een doordeweekse dag een dure maaltijd gebruiken dan om even een praatje te kunnen maken? Hij biedt haar zelfs een drankje aan om haar een moment bij zich te houden.

'Als je te moe bent,' mompelt hij, haar hoofdschudden verkeerd begrijpend.

Elk ogenblik kan Ange nu uit de keuken komen. Die wordt dol van de aanblik van Henri op een woensdagavond. Absoluut dol. 'Nee, ik bedoelde dat jij er natuurlijk nog een van mij krijgt,' zegt ze snel. Ze gaat naar het buffet, pakt glazen en de fles cognac.

'Slaap je eigenlijk alweer wat beter?' vraagt Henri.

Irthe kan zich niet herinneren door slapeloosheid gekweld te zijn geweest. Ze knikt maar wat.

'Dus jullie hebben een logeetje, hoorde ik,' zegt hij.

Irthe glimlacht. 'Ja, ze stond hier van de week zomaar ineens op de stoep.'

'Sneu dat Gilles haar nou net misloopt.'

'Niets aan te doen.'

'Komend weekend is het vier weken.'

'Inderdaad.'

'Hoeveel weken heeft hij eigenlijk opgenomen?'

'Nou, hij had nogal wat opgespaard.'

'Maar wat hebben jullie afgesproken?'

'Niks. Gewoon, dat hij er eens uit moest. Dat heb jij hier zelf ook nog zitten te beweren.'

'Er zijn,' vraagt Henri, 'toch geen problemen?'

'Wat bedoel je daar nou mee?'

'Hij is toch niet met een kwaaie kop weggegaan, hè?'

Irthe gaat verzitten. Ze voelt haar jurk tegen haar rug plakken. 'Kwam je dat bespreken?'

'Nee,' zegt Henri. Hij klopt haar zachtzinnig op de arm. 'Maar nu ik hier toch zit – O Ange, ben je daar eindelijk ook. Kom er gezellig even bij.'

In de opening van de keukendeur slaakt haar zuster hoorbaar een zucht. Dan wikkelt ze haar schort los en komt ontoeschietelijk het restaurant in.

De dokter steekt omslachtig een sigaar op. Terwijl hij met zijn ogen de rook volgt die naar het plafond kringelt, zegt hij: 'Ik begrijp dat je problemen hebt met Kees van de Wetering?'

Irthe gaat opnieuw verzitten. Dat hij daar nou precies aansnijdt wat haar ook zo zwaar op de maag ligt! Ze kijkt hem dankbaar aan.

'Je had die hansworst moeten zien!' zegt Ange vijandig. 'Die begint met zijn waren te gooien, alleen omdat ik zeg dat ik met die rotzooi niet kan werken.'

'Ach schat,' zegt Irthe, 'jij kookt toch altijd heerlijk.' Haar eigen sarcasme baant de weg voor een boosaardige inval: 'Wist jij al, Henri, dat Ange in de *Guide Michelin* komt?'

'Nee maar!'

'Ja echt, we hebben het net van de week gehoord.' Irthe leunt achterover. Altijd al heeft ze vagelijk vermoed dat Henri meer dan vaderlijke gevoelens voor Ange koesterde. Dit is zijn kans.

De dokter slaat de as van zijn revers en legt zijn sigaar op de rand van de asbak. Hij staat op. 'Maar Ange!' zegt hij, 'wat vind ik dat heerlijk voor je. Mag ik je van harte feliciteren?' Hij legt zijn handen op de leuningen van haar stoel en buigt zich voorover. Irthe ziet haar zuster van afschuw zo ver mogelijk achteruitdeinzen. De dokter kust haar op beide wangen. 'Jullie zouden het hier moeten aanplakken,' stelt hij geestdriftig voor. 'Zoiets moet je meteen aan de grote klok hangen. Het zal toch ook nog wel in de krant komen?'

'Misschien snap je nou,' bijt Ange hem toe, 'waarom ik me niet kan veroorloven rommel van die kinkel aan te nemen.'

Henri reikt naar zijn sigaar. Voorzichtig zegt hij: 'Mais c'est le ton qui fait la musique.'

'Hij kreeg een driftaanval. Ik niet,' snauwt Ange.

'Maar je wilt de mensen toch niet tegen je in het harnas jagen, Ange.'

Ange komt met gekromde schouders overeind. 'Wat kunnen de mensen tegen mij hebben? Ik ben niet degene die hun kinderen dood laat gaan aan hersenkoorts.' Schielijk draait ze zich om en verlaat het restaurant.

Irthe legt haar hand op Henri's arm, ze durft hem niet aan te kijken. Wrok en woede stapelen zich in haar op. Nu kan zij weer troosten, verontschuldigen, sussen, uitleggen. Haar halve leven gaat op aan het herstellen van de schade die dat mens in al haar lompheid aanricht.

'Maar ik kon werkelijk niets meer voor dat kindje van Willemse doen,' mompelt de oude man ontdaan.

'Je hoeft jezelf geen verwijten te maken.'

'Het ging zo razendsnel.'

Irthe knikt woordeloos, terwijl de angst haar ineens om het hart slaat: het zal toch niet iets besmettelijks zijn geweest? Het visioen van Dixie met een koortsig, bezweet gezichtje is zo levendig dat ze bijna een verschrikte kreet slaakt. Ze laat haar hoofd in haar handen zakken.

'Toe nou maar,' hoort ze Henri zeggen, 'ik neem het Ange niet kwalijk. Jullie moeten gewoon veel te hard werken nu Gilles er niet is.' Zijn hand beroert schuchter haar schouder: hij reikt haar een witte herenzakdoek aan. Met gebogen hoofd snuit ze haar neus. Ze zou naar de kelder willen rennen om naar het slapende kind te kijken. Maar ze is vanavond al een keer naar beneden geslopen. Met gesloten ogen leunt ze achterover. Als Dixie wakker schiet en begint te huilen omdat haar pluchen aap zoek is, dan zal Irthe haar eerst de tijd gunnen echt helemaal wakker te worden. Anders zou het morgen misschien alleen maar een droom kunnen lijken dat Irthe zo lief was om samen in het holst van de nacht op speurtocht te gaan, en zo knap om te ontdekken waar aap was weggekropen ook.

Als Ange 's ochtends wakker wordt heeft ze een snerpende hoofdpijn, en meteen hernemen haar gedachten hun malende loop. Dat Irthe het voor die vleesknecht heeft opgenomen is buiten elke proportie. Maar het is nog dubbel zo grievend dat ze tegen Ange samenspant met die oude zak, die bemoeizieke kwakzalver. Dit heb ik niet verdiend, denkt Ange, dit heb ik niet verdiend. Ze schudt haar zere hoofd, maar het gevoel van verstandsverbijstering wil niet wijken. Voorzichtig gaat ze rechtop zitten en zwaait haar benen over de rand van het bed.

Haar voet raakt een fles, en ze hoort iets rinkelen. Als ze zich bukt om het omgevallen glas van de vloer op te rapen, doet haar kater de hele kamer golven. En beneden is het natuurlijk ook nog een liederlijke bende: Irthe heeft zich vast niet om het opruimen van de keuken bekommerd.

Net heeft ze een T-shirt aangeschoten, als de deur van haar kamer openkiert en Dixies gespannen gezicht om de hoek verschijnt. Haar ogen lichten op: 'O, je bent al wakker.'

'Wat kom jij hier doen?' blaft Ange. 'Je weet dat je niet boven mag komen.'

'Ik ben mijn aap kwijt,' fluistert Dixie. Haar ogen schieten vol tranen. Verloren staat ze in de deuropening. Ze is nog niet aangekleed, haar haren zijn nog niet gekamd.

'Dacht je soms dat ik die had?'

'Nee, ik wou het alleen tegen je zeggen.'

'En nou moet ik daar zeker wat aan doen,' veronderstelt Ange.

Toen zij zo oud was, kon ze zich allang niet meer veroorloven een huilebalk te zijn en voor ieder wissewasje naar een volwassene te rennen. 'Dat beest ligt natuurlijk gewoon ergens beneden. We gaan zo wel kijken,' zegt ze korzelig. Zo zou het dus zijn geweest als ze Gilles zijn zin had gegeven: altijd een hoofdje om de hoek van haar deur, om een beroep op haar te doen.

'Mag ik dan ook een boterham?'

'Heb je nog niets gehad? Is Irthe niet op, dan?'

'Nee, die had zich verslapen. Die kwam net pas beneden. En toen moest ze eerst het water naar boven brengen.'

Ange hoort haar eigen ademhaling. 'Wat zeg je daar?'

'Het water naar boven brengen. In zo'n fles. Wat ze elke dag doet.'

Ange moet alle zeilen bijzetten om gewoon te klinken. 'Dus dat heb je Irthe wel vaker zien doen?'

'Ja hoor,' zegt Dixie. 'Kun jij een vlecht in mijn haar maken? Of anders met schuifjes hier, en dan, kijk, zo, een paardenstaart.'

Ange kan de overgang niet zo gauw maken. Het zweet is haar uitgebroken.

'Hé Ange, luister je? Het is zo warm met los haar.'

'Vraag Irthe maar je te helpen,' zegt Ange, nog eens zo geagiteerd: haar zuster behoort volgens afspraak op dat kind te letten, in plaats van zich door haar op verdachte handelingen te laten betrappen.

'Maar ik wil dat jij het doet,' klaagt Dixie.

'Ik heb geen tijd!'

'Dat zeg je altijd!'

'Omdat ik het altijd druk heb.' Maar daarmee liet haar vader zich ook niet afschepen. Iedere keer als Ange te berde bracht dat er in een bedrijf als het hunne geen ruimte voor kinderen was, wierp hij tegen dat de situatie juist ideaal was, met allebei je werk aan huis. Een redelijk argument. Maar niet doorslaggevend voor iemand die al vanaf haar zesde heeft gemoederd, en die nu juist dacht dat ze zelf weleens aan de beurt mocht komen. Geen tel heeft ze ooit overwogen aan Gilles' aandringen toe te geven. Wel verdomme, denkt Ange: weer is hij haar hoofd binnengeslopen.

'En ga jij je nou eerst eens aankleden,' valt ze uit.

'Weet jij al wat je aandoet?'

'Wat maakt dat nou uit?'

'Irthe zegt dat we er netjes moeten uitzien voor de begrafenis.'

Dat is waar ook. Het is de vierentwintigste dag van de hittegolf, en vandaag wordt baby Willemse begraven.

Wat ga ik straks in 's hemelsnaam zeggen, denkt Irthe terwijl ze gehaast haar haren opsteekt. Is er bij de dood van een zuigeling wel iets wat kan troosten? Maar zij weet zelf toch ook wat verdriet is, er moet een brug te slaan zijn, een opmerking te verzinnen. Bijvoorbeeld dat je verdriet niet de kans moet geven zich aan je te hechten, dat je terug moet slaan, om te ontkomen aan de versuffing, de pijn, de verslagenheid. Waar het ondraaglijke zich voordoet, is het antwoord: handelen. Als je werkeloos terneerzit, ga je eraan onderdoor. Plotseling geërgerd steekt ze de laatste haarspeld vast. Het schijnt haar toe dat de meeste mensen een enorme bereidheid tot lijden hebben. Evenmin kan ze zeggen: je bent nog jong, Paula, je kunt nog wel tien kinderen met een onverzettelijk kinnetje en blauwe ogen krijgen. Met een zucht kiest ze een paar nette schoenen uit. Dat ze uitgerekend nu zo over tijd was! Het zal wel aan de hitte hebben gelegen, maar toch is het af en toe door haar heen gegaan dat ze misschien per ongeluk van die laatste keer met Gilles – van wie ze nu immers Dixie heeft, het doet er allemaal niet meer toe, nu ze Dixie heeft. Snel inspecteert ze haar spiegelbeeld en holt dan naar beneden. Ze moet Ange nog in het gareel zien te krijgen, voordat ze de deur uit kunnen.

Haar woede laait weer op als ze haar zuster zwijgend naast Dixie aan de ontbijttafel aantreft. Hield Ange haar kiezen altijd maar zo secuur op elkaar! 'Ik eis,' begint Irthe zonder verdere plichtplegingen, 'dat je je excuses aan Henri aanbiedt. Je belt hem op. Zo meteen staan we samen met hem aan dat graf, en dan wil ik me niet bezwaard voelen. En voor Van de Wetering geldt hetzelfde.'

'Ik pieker er niet over,' antwoordt Ange prompt. Onaangedaan roert ze in haar koffie: de prinses op de erwt. O, vat te krijgen op dat arrogante, zelfgenoegzame schepsel! Verhit roept Irthe uit: 'Door jouw toedoen hebben we straks met iedereen stront!'

'Dat jij nou zo'n allemansvriend bent. Ik vind het niet nodig om bij elke idioot in het gevlij te blijven,' zegt Ange zonder haar aan te kijken. Dan neemt ze de laatste beschuit uit de rol en draait de lege verpakking tot een prop.

Op slag vergeet Irthe wat ze nog meer op haar hart had. Pal onder mijn ogen, denkt ze geschokt. Dit is niet alleen een openlijke uitdaging – het is een daad van minachting. Ze aarzelt een moment, schuift dan haar bord van zich af, tast in haar zak naar haar sigaretten en steekt er een op. Ze inhaleert diep alvorens ze de rook over Anges roereieren uitblaast.

'Maak dat ding uit,' zegt haar zuster, terwijl ze bleek van woede wordt.

'O sorry, heb je er last van?' Irthe staat op en slentert naar het aanrecht, waar de groenten voor de pot au feu al gereedliggen naast het restant van de sauce hollandaise van gisteren, dat altijd nog wel van pas komt. Met een nonchalant gebaar maakt ze haar sigaret in de sauskom uit. 'Zo,' zegt ze, 'we moeten de tijd een beetje in de gaten houden. De begrafenis begint om halftwaalf.'

'Gaan dode baby's eigenlijk ook naar de hemel?' vraagt Dixie, opkijkend van haar bord.

'Ja hoor,' zegt Irthe.

'Echt?' vraagt Dixie aan Ange.

'Ik heb geen idee,' zegt Ange gesmoord. Ze staat op en gooit de saus met kom en al in de afvalemmer.

'Ik vind de hemel maar raar,' vervolgt Dixie. 'Dat je er helemaal nooit meer uit kunt! Dat het maar doorgaat, en doorgaat. Want de tijd is er anders. Maar verder is het er wel leuk, geloof ik. Net zoiets als Corsica. Alleen kun je natuurlijk niet meer praten als je dood bent.'

'Nee liefje,' zegt Irthe, terwijl ze een nieuwe sigaret opsteekt. Tartend tipt ze de as op de rand van haar ontbijtbord. 'Alleen levende mensen praten. En dan zeggen ze soms zomaar ontzettend domme en schadelijke dingen.'

'Ze stellen bijvoorbeeld hersenkoorts als diagnose,' gromt Ange.

'Waar jij al niet verstand van hebt,' zegt Irthe honend. Ange weet altijd precies hoe het zit. Ange weet alles, behalve dat Irthe al die jaren degene was van wie Gilles graag een kind had gehad. Het is gewoon pathetisch: met luttele woorden zou Irthe haar van al haar illusies kunnen beroven. Laatdunkend neemt ze haar zuster op, die met bruuske gebaren kopjes en ontbijtborden opstapelt. Haar neus glimt. Haar haar kroest. En ze zal toch niet werkelijk van plan zijn in die oude wikkelrok naar de begrafenis te gaan? Als ze nou eens iets aantrok wat haar een beetje flatteerde! Voor vrouwen als Ange luisteren die dingen nauw: er valt best nog wat van te maken, maar dat vereist wel enige inspanning. Zo sneu als iedereen haar straks weer spottend gadeslaat.

'Wat kijk je?' vraagt Ange bits.

'Niks,' zegt Irthe. 'Heb jij trouwens een paar tampons voor me?'

'Boven,' antwoordt Ange kortaf, terwijl ze melk en kaas terugzet in de koelkast. Ze bukt zich. 'Hé, iemand heeft een speelgoedbeest achter de koelkast laten vallen. Is dat die aap van jou, Dixie?'

Teleurstelling welt Irthe als gal naar de keel. Ze verlaat de keuken voordat Dixie in vreugdekreten kan uitbarsten. Boven rukt ze haar zusters linnenkast open, ze hoeft niet te zoeken, haar leven lang heeft ze al toegang tot Anges kasten, voor dit of voor dat, zo handig, een zuster met wie je alles deelt.

Na de plechtigheid is er een koffietafel in de kosterij. Het hele dorp is aanwezig, constateert Ange, behalve die impertinente hoe heet hij, die met hoge koorts en zware hoofdpijn onder een kamilleomslag in bed schijnt te liggen. Zie je wel dat er wat met die vent aan de hand was – en iedereen maar doen alsof het haar schuld was.

Pas als het haar beurt is om te condoleren, ontdekt ze dat ze alleen is. Haar zuster moet zich met Dixie elders in de rij bevinden. Het bloed vliegt Ange naar het hoofd: ze zal iets persoonlijks moeten zeggen. 'Het spijt me verschrikkelijk voor jullie,' prevelt ze terwijl ze haar hand uitsteekt.

Met strakke gezichten knikken Tom Willemse en zijn jonge vrouw wat. Ze zien eruit alsof ze elk moment zullen bezwijken onder de inspanning hier te staan en handen te moeten schudden.

Eén zin nog, denkt Ange, zodat me later niet wordt nagedragen dat ik me er weer te gemakkelijk van afmaakte. 'Ik heb weleens gelezen,' zegt ze, 'dat we in het geval van de dood het beste kunnen denken aan een schip dat zijn zeilen ontvouwt en uitvaart. Op het moment dat wij het achter de horizon zien verdwijnen, zien anderen het aan de overkant naderen. Want het is niet weg, we hebben het alleen uit het oog verloren.' Ze heeft het geklaard. Opgelucht besluit ze: 'Het allerbeste dan maar.'

Ze heeft zich al half omgedraaid als de timmerman plotseling zegt: 'Dat schip. Moest dat dan een zeilboot zijn?'

Bij die woorden begint zijn vrouw zonder overgang te huilen. Ze maakt geen enkel geluid, maar de tranen stromen uit haar wijd opengesperde ogen en spatten op haar blouse. Ze huilt zonder haar gezicht af te wenden of te bedekken, alsof ze niet beseft bloot te staan aan nieuwsgierige en meewarige blikken. Willemse pakt haar onhandig bij haar bovenarm. Hij heeft die gegeneerde oogopslag die sommige mannen krijgen als hun vrouw zich in het publiek laat gaan. 'Ik dacht dat jullie een roeiboot bedoelden, waar je een buitenboordmotor aan kunt hangen,' zegt hij met iets hardnekkigs in zijn stem.

Bijna barst Ange van de zenuwen in lachen uit. 'Maar natuurlijk! Begrijp me niet verkeerd. Ik bedoelde...'

'En hij maar werken aan die boot van jullie! Terwijl ik met een doodziek kind zat,' schreeuwt Paula Willemse onverhoeds.

'Goeie God,' stamelt Ange, 'het was toch niet de bedoeling dat je, ik wist niet, hoe konden wij nou...'

'Alleen stond ik ervoor met een stervende baby!'

Ange krijgt dat desolate gevoel weer. 'Maar daar kunnen wij toch niets aan doen,' begint ze.

'Jullie bestellen maar, links en rechts! Jullie laten ons maar draven! Als jullie maar op je wenken worden bediend!'

'Maar we hadden toch niet gezegd dat die boot meteen af moest!'

'Alsof een ander er geen eigen leven op na houdt! Alsof iedereen altijd maar naar jullie pijpen moet dansen!'

'Ik denk dat ik beter kan gaan,' zegt Ange.

'Ja, nou neem je de benen, hè. Omdat je de waarheid niet wilt horen. Waarom moest Gilles uitgerekend nu op vakantie? Toch zeker alleen omdat het jullie goed uitkomt dat hij er weer is als de zomerdrukte begint! Terwijl ik zou gaan bevallen! Terwijl hij gewoon hier had kunnen zijn voor de doop! Het is jullie schuld dat mijn kind niet eens gedoopt is!'

Elk verweer blijft Ange in de keel steken. Hulpeloos kijkt ze de timmerman aan.

'Toe nou, Paula,' mompelt Tom Willemse.

'Heb jij soms niet precies hetzelfde gezegd?' Als een furie wendt ze zich tot haar man. 'Je hoeft echt niet meer de slijmerd uit te hangen, hoor. Nu ze van mening veranderd is over die boot, zal ze je werk heus niet betalen. We kennen die manieren van haar toch. Vraag maar aan Kees.'

'Die boot,' brengt Ange uit, 'is een misverstand. Ik kan je niet zeggen hoe akelig...'

'En ik had een gezond kind totdat ik ermee naar die vertoning van jullie kwam. Totdat ik hem in die gore keuken van jullie heb verschoond was er niks aan de hand! Al dat half bedorven eten dat daar open en bloot in die hitte stond te stinken! Het ontbrak er nog maar aan dat er dooie ratten lagen!'

Ineens voelt Ange gedrang achter zich, ze wordt half opzij geduwd, en Irthe doemt op. Als een engel der wrake komt Irthe toegesneld, bleek en ziedend, met vlammend rode haren. Ange heeft de aanvechting zich tegen haar aan te drukken. Ze kan wel huilen van opluchting en schaamte. Ze kan zich immers geen leven zonder Irthe voorstellen, zonder het verbond dat zij hebben – zonder Irthe was ze verloren.

Met wilde ogen kijkt haar zuster haar aan. Jij wandelende ramp, zegt haar blik. Ze maakt een gebaar alsof ze een vlieg wegslaat. Ze draait Ange de rug toe. 'Wat is er, Paula? Je laat je toch niet overstuur maken?'

Ange is opeens zo licht in het hoofd dat de hele kosterij voor haar ogen kantelt.

'Ik word er gewoon naar van om je zo in alle staten te zien,' zegt Irthe. 'Laat me iets te drinken voor je halen, Paula. Ga even zitten. Neem een moment om tot jezelf te komen. Henri heeft wel iets waarvan je wat kalmeert.'

En nu ziet Ange die walgelijke worm pas, haar zuster heeft hem bij de arm, haar zuster verlaat zich op die kwal die er altijd op uit is geweest zich in hun leven binnen te wringen. Een duw in haar rug brengt haar bijna uit haar evenwicht, ze wankelt opzij, iemand uit de rij stapt langs haar om te zien wat er toch gaande is en posteert zich schuin voor haar. Ook anderen dringen zich nu naar voren. Hun ruggen blokkeren het zicht en vormen een kring rond de timmermansvrouw. Als Ange naar de rand ervan gedrongen is, draait ze zich om en verlaat de kosterij zonder dat iemand haar opmerkt.

De hele lange weg terug klaagt Dixie. Het is zo warm, er zit een steentje in haar schoen, ze heeft dorst, Irthe loopt te hard. Wijselijk laat Irthe haar drenzen. Zij heeft nooit zo iemand willen zijn die haar kind aan de arm voortsleurt en bovendien heeft Dixie er alle recht op lastig te zijn. Die scène moet haar de stuipen op het lijf gejaagd hebben. 'We zijn er bijna,' zegt ze bedaard, 'en thuis gaan we lekker limonade drinken.'

'Is Ange er dan ook?'

'Ik zou het wel denken.' Die staat natuurlijk alweer doodleuk aan haar terrine de poule verte of aan de soufflé aux courgettes. Als Henri er niet was geweest met zijn valium – ze moet er niet aan denken.

Dixie trekt haar hand uit die van Irthe en zet er de pas in. Irthe kan haar nog net bij een vlecht grijpen. 'Wat heb je nu ineens een haast,' zegt ze met een zinkend hart.

'Ja, want ik ga Ange een doos vragen.'

'Dat kun je toch ook aan mij vragen.' Ze geeft een rukje aan de vlecht. 'Hé, Dixie. Waarom vraag je dat niet aan mij?'

'Au. Laat me los. Daarom niet.'

'Daarom is geen reden,' zegt Irthe kalm. Doe jij maar obstinaat, kind. Mij krijg je niet. Mijn geduld is eindeloos.

'En als je van de trap af valt, dan ben je gauw beneden,' roept Dixie uit. Ze proest zenuwachtig.

Alsof er een luikje in haar hoofd opengaat, zo herinnert Irthe zich ineens de Bibelebonseberg en de hond die blafte naar de kat die jaagde op de rat die snoepte van de havermout in het huis dat Jack had gebouwd. En er was er eens een vrouw die koeken bakken wou, maar het meel dat wou niet rijzen, en zeg, ken jij de mosselman? En dan viel Ange enthousiast in: 'Ja, ik ken de mosselman, de mosselman, de mosselman, samen kennen wij de mosselman, die woont in Scheveningen.' Anges stem die haar elk versje en liedje uit het boek van *Moeder de Gans* leerde, Anges stem en niet die van haarzelf weerklinkt in de rijmpjes van weleer: geen deel van leven bezit haar eigen oormerk, overal staat in geheime inkt ook Anges naam bij geschreven. Alleen Gilles' honger is van haarzelf, zijn almaar groter wordende apathie is van haar, zijn ogen die dieper en dieper in hun kassen zinken zijn van haar, zijn botten die zich nu al duidelijk onder zijn slinkende vlees beginnen af te tekenen zijn van haar. Gilles' honger is een mijlpaal. Erachter ontrolt zich een onbekend landschap, waarin Irthe eindelijk zelfstandig opereert. Waarin zij eigen rechten heeft, eigen banden en verbintenissen. Voorbij die grenssteen, die het einde van haar verstrengeling met Ange markeert, is het ook zonneklaar dat Dixie haar toebehoort.

'Ik heb een heleboel dozen,' zegt ze vriendelijk. 'Wel een schuur vol. Echt waar. Je mag er net zoveel uitkiezen als je maar wilt.'

Het kind bukt zich en trekt haar sandaal uit. Ze peutert een kiezel te voorschijn, gaat dan op haar hurken zitten en snoert de riempjes moeizaam weer dicht. Ze zwijgt.

'Wat ga je met die doos doen?' Dixie schokschoudert.

'Een bedje van maken voor aap?'

'Nee.'

'Mooie dingen in bewaren?'

Nukkig stapt Dixie voort. 'Ik weet het al. Je gaat een kijkdoos maken.'

'Ik wil gewoon een doos.'

'We kunnen wel winkeltje spelen, zoveel dozen heb ik. En

flessen, en blikjes. Dan kom jij bij mij boodschappen doen. Of ik bij jou. Dan zeg ik: "Juffrouw Dixie, hebt u voor mij een pond suiker?"'

'Ik wil geen suiker in mijn doos!' roept Dixie uit. Ze staat stokstijf stil en slaat haar armen over elkaar. Onder aan de dijk stroomt de rivier. Op de oever roept een tjiftjaf.

'Kijk dan,' leidt Irthe af, 'daar kun je ons dak al zien. Zullen we hollen om wie er het eerst is?'

'Nee.'

'Wat wil je dan?'

'Dat mama me komt halen.'

Maar misschien moet Irthe vandaag of morgen wel tegen haar zeggen dat mama heeft gebeld en haar voorlopig niet komt halen. Zulke nare dingen gebeuren. 'En anders,' vraagt ze, 'als dat nou niet gebeurt, wat wil je dan het allerliefst?'

'Dat papa thuiskomt.'

'Maar die heeft jou al zo lang niet meer gezien dat hij vast vergeten is hoe hij lief voor je moet zijn.'

'Niet waar! En anders geef ik hem mijn doos wel.'

'Met wat erin?'

Bevreemd kijkt Dixie haar aan. 'Gewoon.'

Hoe verleidelijk is de gedachte dat ze haar alleen maar mee naar boven zou hoeven te nemen om haar wens in te willigen. Je wilt je kind zo graag gelukkig zien. 'Je herkent hem misschien niet eens,' zegt Irthe. 'Hij is erg veranderd, de laatste tijd.'

Ange heeft een koud biertje gepakt. Maar zelfs bij het naar binnen gieten van het tweede glas schijnt het haar nog toe dat er sissend stoom van haar af slaat. Ze gaat naar het aanrecht om haar polsen onder de kraan te houden, en een nieuwe golf van kokend hete lucht perst zich door haar heen: naast de spoelbak staat het ontbijtbord waarop dat loeder doodleuk haar sigaret heeft uitgemaakt.

'Ik kom in de *Michelin*,' mompelt ze voor zich uit. Daar drinkt ze er nog een op.

Er moet deeg gemaakt worden voor de tarte à la rhubar-be. Een van haar eigen recepten. Een van haar eigen succes-sen. Ze zal haar beroemde tarte à la rhubarbe maken: Ange roert en zeeft, zij houdt zich aan de dingen waarin ze goed is, in haar keuken maakt Ange geen brokken. Haastig zet ze de ingrediënten klaar. Ze schudt een pak bloem leeg in een kom en bijna legt ze de verpakking gewoontegetrouw terzij-de. Weer grijpt ze naar haar glas. Is zij niet de diplomatie zel-ve geweest? Na de overstroming heeft ze Irthe geen moment meer aan haar verloren museum herinnerd! Zelfs bij het sa-menstellen van haar menu's heeft ze er rekening mee gehou-den. Met grote inventiviteit heeft ze de laatste weken zekere ingrediënten gemeden. En als ze noodgedwongen al eens iets gebruikte wat voorheen een nieuwe aanwinst voor de collectie zou hebben opgeleverd, heeft ze de sporen discreet uitgewist. Maar geen blijk van erkentelijkheid – niet voor het feit dat ze al die jaren een volstrekt nutteloze verzame-ling heeft helpen opbouwen, noch voor het omzichtige spa-ren van haar zusters gevoelens bij het teloorgaan ervan.

Ange snijdt de groente. De rabarber zwemt voor haar ogen. Geen woord heeft Irthe aan haar verlies gewijd. Vijf-tien jaar lang een passie voor lege blikken en dan ineens weg ermee. Zo gewonnen, zo geronnen. En zo iemand zou be-stendig zijn in haar loyaliteiten? Anges mes schiet uit, ze ziet het gebeuren, maar er is iets met de besturing van haar hand, de opdracht van haar hersenen komt niet op tijd ter plaatse, ze kan het gebaar niet meer corrigeren en ze ziet het staal in haar vlees verdwijnen. Even voelt ze niets. Ze vraagt zich net af of een vleeswond onder stromend water gehou-den moet worden, als de pijn door haar hele hand vlijmt.

'O mijn God,' zegt Ange.

Ze bloedt te hard om te kunnen zien wat ze heeft aange-richt. Ze moet afbinden, stelpen, handelen in elk geval. Er is een verbanddoos in de badkamer, de aanblik van watten en windsels zal haar een idee geven wat te doen. Ze staat op en moet weer gaan zitten, zo duizelt het haar. Mensen eten koeien, mensen eten koeien, dreunt het door haar hoofd: ze staat haar hele leven al tot haar ellebogen in het bloed, ze is toch verdomme geen doetje, ze hijst zich weer overeind.

In de badkamer vindt ze de verbanddoos en ze trekt met haar tanden de verpakking van een rol gaas. Ze drukt het verband zo hard ze durft op de wond. Ze krijgt de hik. Ik geloof dat ik dronken ben, denkt Ange, en paniek maakt zich van haar meester: door de alcohol verdund, zal haar bloed nog eens zo snel uit haar spuiten. Ze tast naar een handdoek, wikkelt die schielijk om haar hele linkerarm. Ze heeft hulp nodig, en uitgerekend nu is ze alleen in huis. Maar ze is niet alleen.

Ange laat zich in de vensterbank zakken. Ze legt haar hoofd tegen het raam, het glas is koel aan haar wang. Slechts twee trappen hoeft ze op, met de verbanddoos onder haar goede arm. Ange, Angelief, wat heb je jezelf nu toch aangedaan, kom maar gauw hier, ik zal voor je zorgen.

Ange huilt, zonder zich te verroeren. Ze ziet haar tranen langs de ruit druipen, waardoor het is alsof de hele wereld met haar mee huilt. Of regent het misschien plotseling, is de betovering van de gekmakende hitte eindelijk verbroken en wordt alles weer gewoon? Met een onzeker gebaar veegt ze het glas schoon. Het uitzicht uit het badkamerraam is het mooiste van het hele huis. Hier zit je net hoog genoeg om pal over de schuur die eens een museum was te kunnen uitkijken over het grasland langs de rivier dat aan hun tuin grenst. Er loopt iemand. Ange herkent de eenzame wandelaar aan zijn haast dansende gang. Zo kwam hij ook op haar af toen ze weigerde zijn vlees te betalen.

Ze wil opspringen. Loodzwaar ligt haar gekwetste hand in haar schoot. Haar rok ziet donker van het bloed. Naderbij komt de slager. Hij molenwiekt met zijn armen. Binnen luttele seconden betreedt hij het erf.

Zonder haar blik los te maken van het schouwspel buiten trekt Ange zich overeind aan het kozijn. Het is net alsof de slager vaart verliest. Hij lijkt wel stil te staan, al zwaait hij nog steeds met zijn armen; zijn mond opent en sluit zich alsof hij verwensingen uit, hij grijpt naar zijn hoofd, en dan begint hij zich de kleren van het lichaam te rukken.

In het grasland werpt Van de Wetering zijn overhemd van zich af, hij valt voorover als hij tevergeefs probeert zijn broek af te stropen, hij kruipt naar de waterkant, maaiend met zijn ellebogen werkt hij zich naar de rivier, die zich even later weer rimpelloos boven hem sluit.

III

Duizenden keren heeft Irthe haar zuster de forel zien doen. Forel is een van Anges specialiteiten: het is niet onwaarschijnlijk dat de mannen van Michelin daarvoor zijn gevallen. Irthe wet een mes. Ze legt de vissen plat op tafel. Ze mikt op moten van zo'n vier centimeter dik. Trefzeker komt haar mes neer.

'Wat doe je nou in 's hemelsnaam?' roept Ange geschrokken uit. Ange roert de aurora-saus. De mitella waarin haar arm rust, raakt bespat. 'Ik doe de forel,' antwoordt Irthe koel. 'Ga eens weg bij mijn fornuis.' De aurora-saus zorgt wel voor zichzelf, is haar ervaring. Ze duwt haar zuster opzij om wat boter te smelten voor in haar marinade van droge witte wijn, sojasaus en suiker. Ongelovig bekijkt Ange het mengsel. 'En wat moet dat nu weer voorstellen?' stamelt ze hulpeloos.

Irthes oog valt op een paar komkommers. De komkommer te zijn onder haar mes! Weloverwogen snijdt ze blokjes, die ze bij de vis in een schaal legt. Truite au concombre, zou je kunnen zeggen. Met een glimlach giet ze er de marinade over uit. Ze zal de stukken aan pennen rijgen en ze roosteren, als kebabs. Irthe doet de forel.

En is de avond niet weer een succes? Het is in Het Hemelse Gerecht drukker dan ooit, nu het nieuws van hun ster in de kranten heeft gestaan. Juffrouw Irthe loopt af en aan met de truite au concombre, de terrine d'anguilles en de saumon à l'oseille au four. Overrompeld bestuderen de gasten het vismenu. Ze wachten zich er wel voor om zelfs maar aan een tournedos te dénken. De welingelichten onder hen kijken elkaar veelbetekenend aan. Het is een goede gewoonte om na de lange rit naar buiten eerst iets te drinken in het kroegje bij de brug alvorens men naar de juffrouwen gaat, en vaak vangt men daar van alles op. Men komt hier al zo lang, men is geïnteresseerd in wat er zoal in het leven van de juffrouwen omgaat, en men beziet zo'n vismenu met geheel andere ogen wanneer men van het drama van de slager heeft gehoord. Onder een fruitige Sancerre gaat die geschiedenis van de slager een natuurlijke verbinding aan met dat verhaal over die duistere verwonding van de oudste zuster. De gasten vinden het een tragedie: zij met doorgesneden polsen achter het venster, terwijl hij een poging doet zich te verdrinken. Een getrouwde man en een vrouw die haar zuster natuurlijk niet aan haar lot wil overlaten: je zou denken dat mensen in het zicht van zulke hindernissen niet eens aan een affaire begonnen. Maar gelieven kennen geen obstakels, stellen de gasten dromerig vast. Twee aan twee zitten ze aan hun tafeltjes, de hoofden naar elkaar genegen, de handen verstrengeld. De sfeer is zo intiem, het uitzicht zo romantisch, men gunt de juffrouwen het beste. Men is er zelf immers het levende bewijs van dat de mens onstuitbaar is in zijn drang datgene te doen waarvoor hij is gemaakt: om te paren. Daar heeft men zelfs zo'n exorbitante maaltijd voor over.

Men krijgt trouwens trek. De bediening is vanavond niet zo vlot als anders. Waar hebben de juffrouwen die knecht van hen toch gelaten? Voort gissen de gasten langs de lijnen waarvan hun hoofd nu eenmaal vol is en waar hun hart van overloopt. Ze vermoeden nog een liefdesdrama: de mens is er immers niet op gemaakt om alleen te zijn. De jongste juffrouw en de knecht, kortom! Maar wat een verrukkelijke gedachte! Men schiet in de lach: en toen zij genoeg kreeg van haar minnaar, heeft zij hem eenvoudig in de boter gebraden en op het menu gezet. Bepaald een perfecte manier om iemand te laten verdwijnen: hem verwerken tot sudderlap of stoofschotel.

De gasten trommelen met hun vingers op tafel. Ze kijken tersluiks op hun horloge. Hadden de zusters hun liefdesgeschiedenissen maar wat beter gecoördineerd. Pas nu de slager is uitgeschakeld, had de jongste die knecht moeten afdanken. In tijden van schaarste nog ergens een man te hebben liggen, die zo de oven in kan! Dan waren de gasten nu tenminste niet tot vis veroordeeld geweest.

Degenen onder hen die straks om de rekening zullen vragen, voelen zich ineens wat geërgerd. Een man wil een stuk vlees, ongeacht de specialiteit van het huis. Het maakt natuurlijk wel een prettige indruk op de tafeldame dat het hier niet allemaal draait om bloederige brokken, het is hier tenslotte jandorie geen Argentijn, maar een man wil daar verder niet onder lijden, een man wil niet geconfronteerd worden met een exclusief vismenu, dat zijn zo van die feiten waarvan iedereen op de hoogte is. Geen wonder dat het liefdeleven van de juffrouwen een ramp is. En het pleit niet voor hen dat ze de gasten de dupe laten worden van hun privémoeilijkheden.

Schielijk trekt men de buik in en recht men de schouders: daar is juffrouw Irthe eindelijk met de truite au concombre. Ze glimlacht verontschuldigend en in haar ene wang vormt zich een charmant kuiltje: 'Ik heb u wel laten wachten, hè?'

Beneden in de kelder zijn de geluiden van het restaurant vaag te horen: stoelpoten schrapen over de vloer, voetstappen weerklinken, en zo nu en dan wordt er luid gelachen. Dixie zou vast ook de hele tijd lachen als ze boven was in plaats van hier onder de grond in haar slaapzak, met dat hele huis boven op haar. Alleen dode mensen liggen onder de grond. En dode baby's, natuurlijk. Misschien zitten die hier ook wel onder de vloer. Dixie wil het licht aan.

In de verte verspreidt het lichtknopje een zwak groen schijnsel. Over de dode baby's heen zal ze naar de schakelaar moeten lopen. Ze tast naar haar aap, klemt die tegen zich aan, werkt zich uit haar slaapzak en laat haar voeten voorzichtig op de betonnen vloer zakken. Onder haar tenen voelt ze in het ruwe oppervlak een scheur met licht opbollende randen, precies droge aarde waaronder een plantje zich omhoogwerkt. Voordat iets griezeligs haar bij de enkels kan vatten, springt ze over de scheur naar de muur, net kan ze bij de schakelaar, licht stroomt de ruimte binnen en meteen is de kelder weer gewoon de naargeestige kelder.

Maar ze kan toch aan Ange vragen of haar bed boven mag staan? Het is immers alleen maar vanwege de hitte dat ze hier slaapt. Ze zijn zeker bang dat ze anders zal smelten.

Dixie gaat op haar hurken bij haar tas zitten. Ze sjort er haar tekendoos en haar schetsboek uit, ze grist een rode viltstift te voorschijn en begint aan een tekening van een meisje in een echte slaapkamer, met gezellige gordijnen en een kleedje voor het bed. Het bed is gemakkelijk zat. Het vloerkleed ook. Ingespannen kleurt ze het helemaal in. Als Ange dit ziet, zal ze zeggen – als Ange dit ziet, zegt ze: 'Wat is dat voor een plas bloed op de vloer?' Lusteloos krast Dixie verder: ze had geel moeten nemen, of blauw. In haar hoofd was het zo duidelijk, maar in het echt valt alles helemaal anders uit. Een plas bloed in plaats van een vloerkleed! En meteen krijgt ze een idee dat pas werkelijk indruk op Ange zal maken. Opgewonden pakt ze haar aap. Hij heeft handen van vilt, die net wanten zijn: hij steekt zijn duimen omhoog. Okay, zegt aap met zijn duimen, okay, goed plan, Dixie. Zorgvuldig begint ze zijn ene hand rood te maken. Onder in haar tas weet ze een keurige witte zakdoek, waarvan ze een mitella kan vouwen. Met net zo'n knoop in de nek als Ange heeft. Als Ange dit ziet, zal ze zeggen – als Ange dit ziet, zegt ze: 'Waar komt dat bloed dan vandaan?'

Maar Dixie heeft een schaar in haar tekendoos, eentje met stompe punten, een kinderschaar, zegt mama altijd. Ga weg, mama! Wat doe jij daar ineens in Dixies gedachten? Dixie is boos op jou. Dixie zit in een kelder vol dode baby's omdat jij op vakantie bent. Op vakantie met je stomme vriend. Dixie vindt niet dat moeders vrienden moeten hebben. Dan doen ze lippenstift op en krijgen ze van die rare lachjes, net alsof ze iemand anders zijn geworden. En dan zeggen ze tegen je: 'Ja maar schat, ik heb er zo genoeg van om alleen te zijn!' Terwijl mama helemaal niet alleen was: Dixie was er immers.

Dixie knipt in de hand van aap. Wit vulsel puilt naar buiten. Mama zal daar woedend over zijn. Net goed! Had ze maar niet moeten opbellen om te zeggen dat ze Dixie nog niet komt ophalen. Nog een weekje extra! En dan ook nog expres opbellen toen Dixie er net even niet was en dus niet eens tegen haar kon zeggen dat ze hier in de kelder moet slapen.

Ook Henri is nog op. In gedachten verzonken gaat hij zijn keuken in om kamillethee te zetten. Dat doodzieke meidje van Bartels, bij wie hij net vandaan komt, heeft hem weer even aan het twijfelen gebracht. Of twijfelen – wat heet twijfelen. Heel het land, zei zijn vriend de internist immers vandaag nog over de telefoon, wordt met dit helse weer geplaagd door darmklachten. De patiënt loopt leeg, krijgt koorts en hoofdpijn, en die heftige aanvallen van onredelijkheid horen helemaal bij het beeld: wie wil er ziek zijn als buiten de zon schijnt?

Henri is moe. Hij heeft de laatste dagen zoveel visites moeten lopen dat hij nog geen gelegenheid heeft gevonden om thuis even af te wassen. Hij zet thee in een vervuilde pot, en schenkt die in een al eerder gebruikte beker. De suiker is op en het restant van de melk is zuur. Met trage stappen gaat hij met zijn thee naar boven en trekt op de rand van het bed zijn schoenen uit. Hij zou er wat voor geven om op dit moment een geliefd gezicht op het andere kussen te zien liggen.

'Ik hoop dat het u gesmaakt heeft,' gromt Irthe tegen de laatste gasten, terwijl ze ongelovig de tafel in ogenschouw neemt.

Haar gezicht zweeft Henri in het donker van zijn slaapkamer voor de geest, half plagend, half ernstig. Sprak er achting uit of minachting? Op zijn leeftijd zou hij zich geen gedachten meer in het hoofd moeten halen. Ze zei natuurlijk maar wat.

Ze kan zoveel zeggen! De warmte! Mechanisch schraapt Ange de nog halfvolle borden leeg in de afvalemmer. Haar leven lang heeft ze niet zulke hoeveelheden nauwelijks aangeroerd voedsel hoeven weggooien. Het heeft iets obsceens. Haar onbruikbare arm vervloekend zeult ze de overvolle emmer naar buiten om hem in de container te legen.

Het licht in de keuken brandt nog, maar er is niemand, stelt Dixie teleurgesteld vast. Ze hijst aap onder haar andere arm. Misschien is Ange in het restaurant. Juist besluit ze daar voorzichtig om de hoek van de deur te gaan kijken, als haar blik op de flessen valt die bij het fornuis staan. Is die stomme Irthe nou alweer vergeten om water naar boven te brengen, net als gisteren en eergisteren?

Als Ange weer binnenkomt, ruikt ze dat er een andere chef aan het werk is geweest. De geur van haar eigen keuken is haar vreemd. Wantrouwig kijkt ze in een pan soep. Ze kan zich ineens met geen mogelijkheid meer voorstellen hoe die zou moeten smaken. Beduusd doet ze het deksel er weer op. Op het aanrecht staan nog een paar opgemaakte dessertborden – ze zien eruit als de uitgeknipte plaatjes waarmee ze vroeger Het Diner speelde: als gerechten uit een andere wereld.

Het is zo stil in huis dat je vanzelf op je tenen gaat lopen.

Met een fles water en aap tegen zich aan gedrukt sluipt Dixie de trap op. Ze gluurt in Anges slaapkamer, met de ouderwetse kaptafel en dat grote bed, waarin ze best met z'n tweeën zouden kunnen slapen. Daar staat in elk geval geen plantenbak waarin ze haar fles kan legen.

Het besef dat ze zich op verboden terrein bevindt, doet haar hart vlugger kloppen als ze de volgende trap beklimt. Op de tweede etage treft ze een complete schatkamer aan. Zulke grote zakken uien heeft ze nog nooit gezien. En kerstballen, en stapels tafelkleden en kapotte schemerlampjes en dozen kaarsen en pakken rijst en zakken suikerklontjes en net zo'n strijkmachine als beneden in de bijkeuken staat. Er ligt een boek op, met een droevige dame op het omslag. Moeizaam spelt Dixie de titel, maar de letters worden geen woorden die ze kent, al klinken ze mooi, net als in een liedje. 'Ja-ne Ey-re, Ja-ne Ey-re,' zingt Dixie voor aap. Ineens moet ze gapen. Maar er is nog een verdieping, ze heeft de zolder nog niet gehad.

Het is lang geleden dat Henri heeft gemasturbeerd. Hij voelt zich een beetje dwaas. Maar niet ontevreden. Tenslotte zal zo'n veel jongere vrouw op dit vlak zeker het een en ander verwachten. 'Oude zot,' mompelt hij: dat hij zijn met levervlekken bespikkelde hand aan zichzelf slaat is één ding, maar dat hij zich in deze hete koortsnacht zou verbeelden dat hij ooit haar lichaam zal beroeren – verward knipt hij het licht weer aan en neemt een boek van het nachtkastje.

Bij de zoldertrap is geen lichtschakelaar. Dixie klemt aap onder haar oksel. Met haar ene hand houdt ze de fles water vast, met de andere pakt ze de trapleuning beet. Onder haar voetzolen zijn de treden rul en houtig. Dixie zwoegt. Ze merkt dat ze een beetje buikpijn heeft, zoals wanneer je moet poepen. Als ze een lichtknopje ziet, gaat dat vast meteen over. Ja-ne Ey-re. Ja-ne Ey-re. En dat zij al weet wat een y is!

Op zolder is het stikdonker. Het stinkt er. Doordat stomme Irthe er niet aan heeft gedacht water naar boven te brengen, zijn de plantjes natuurlijk doodgegaan – zo ruikt het, naar dode dingen. Dode baby's, denkt Dixie, en ze kan zich niet meer verroeren. Onder haar arm voelt ze aap, met zijn verminkte arm. En om haar heen voelt ze ook iets. Er is geen geluid te horen, maar toch is het net alsof er iemand ademhaalt. Ja-ne Ey-re, Ja-ne Ey-re! Maar de mooie, bezwerende klanken willen niet meer over haar lippen komen. Ze draait zich met inspanning van al haar krachten om, haar arm schampt langs een houten wand, en Dixie laat de fles en haar aap vallen en vliegt naar beneden, het licht tegemoet.

Op de dertigste dag van de hittegolf staat Ange net als anders om negen uur op, ze poetst haar tanden, ze neemt omzichtig een douche, ze kleedt zich aan. Maar de gewone handelingen hebben niets vertrouwds meer, verricht als ze moeten worden met één arm. Werktuiglijke gebaren die vroeger meteen rendement opleverden, zijn niet langer uitvoerbaar; geen knoop gaat door het knoopsgat zonder grote inspanning, elke actie vereist inventiviteit, de gewoonste dingen vragen om een geheel nieuwe oplossing, alles wat ooit vanzelf ging, heeft zijn automatisme verloren. Het bestaan presenteert zich als een verwarrende en verontrustende verzameling voetangels en klemmen.

In de keuken dekt haar zuster met een gezicht als een donderwolk de ontbijttafel. Al haar gebaren verraden misprijzen voor Ange, die het bestaat met haar arm in een mitella rond te lopen: als zij niet zo onnozel was geweest zich te verwonden, zou het werk zich nu niet nog onverbiddelijker opstapelen. Bedeesd gaat Ange zitten, terwijl ze koortsachtig zoekt naar een onderwerp dat Irthe gunstig zal stemmen. 'Ik ben hier toch wel tegen verzekerd, hè?' valt haar in.

'Hoe bedoel je?' vraagt Irthe ontoeschietelijk.

'Ja, hoe heet dat. Je weet wel, als je niet kunt werken.' Ange ziet nu pas dat er voor vier personen is gedekt.

'Dixie!' roept Irthe.

'Ik vroeg je wat,' zegt Ange.

'O,' zegt Irthe. 'Wat dan?'

'Of ik verzekerd ben als ik niet kan werken.'

'Hoezo kun je niet werken? Je hebt gisteren nog de auro-ra-saus gemaakt.'

'Dat is toch geen werk! Ik bedoel kóken. Arbeidsonge-schiktheid,' zegt Ange, 'dat is de term, geloof ik.'

'Ben je soms arbeidsongeschikt als je de aurora-saus doet?'

'Of hoe heet het: inkomstenderving.'

'Derven we dan inkomsten?' vraagt Irthe.

'Hoe weet ik dat nou.'

'Wat zeur je dan,' zegt Irthe. 'Dixie! Ontbijt!' Ze schenkt grapefruitsap in alle vier de glazen. Ze doet brood in de broodrooster. Ze gaat zitten en vouwt haar servet open.

'Ben ik hiervoor verzekerd?' vraagt Ange trillend terwijl ze haar theelepeltje bestudeert.

'Allicht.'

'Dus nu krijgen we geld?'

'Gek is dat,' zegt Irthe. 'Ik heb vijftien jaar lang de aurora-saus gemaakt en niemand heeft me daar ooit een uitkering voor gegeven.'

'Maar jij hebt ook nooit wat!' Ange krijgt het gevoel dat ze de laatste dagen steeds vaker heeft: dat ze wel waarneemt wat er om haar heen gebeurt, maar dat ze daarmee onmogelijk contact kan maken. Ze besluit haar zuster verder maar niet te ergeren.

'Kijk eens wat een lekkere warme boterham ik voor je heb,' zegt Irthe tegen Dixie, die landerig op haar blote voeten naar binnen slentert en met gebogen hoofd aan tafel gaat zitten. 'En voor aap,' vervolgt ze, 'heb ik er ook een.' Als een goochelaar tovert ze twee boterhammen uit de rooster.

'Ja, ik ook graag,' zegt Ange terwijl ze overweegt of ze Irthe kan vragen wat kaas af te snijden. Nog afgezien van de fysieke onmogelijkheid dat zelf te doen, is ze ook bang zich opnieuw te bezeren. Het komt haar ineens als onbegrijpelijk voor dat ze haar leven lang gedachteloos messen heeft gehanteerd – of dat ze zich nooit eerder heeft verwond aan apparaten, snelkookpannen, vleesmolens.

'Wij zo meteen,' snauwt Irthe. 'Aap heeft vast erge honger.'

Dixie schudt haar haren voor haar gezicht. Ze mompelt iets.

'Wat?' vraagt Irthe.

'Hij ligt nog in bed.'

'Ga hem dan halen! ik heb speciaal een bordje voor hem neergezet!'

'Nee, hij komt niet. Hij heeft pijn in zijn buik.'

'Godlof,' prevelt Ange. Alles is al zo onwerkelijk. De gedachte haar ontbijt te moeten delen met een pluchen beest is beslist te veel.

'Maar ik heb sap voor hem ingeschonken,' teemt haar zuster.

Ange ziet voor zich hoe de citruspers draait, ze kan het mechaniek horen loeien en ronken. Onthutst reikt ze naar de beschuitbus.

'Dixie?' vraagt Irthe. 'Heb je zelf soms buikpijn?'

Het kind frunnikt zwijgend aan haar servet.

'Kijk me eens aan.'

Dixie duikt weg voor de hand die haar bij haar kin wil vatten. Ze begint te huilen.

'Kun jij even wat kaas voor me snijden?' vraagt Ange zo beleefd mogelijk, maar haar zuster negeert haar. 'Ben je vanochtend al naar de wc geweest? Je hebt toch geen diarree, hè?'

'Toe zeg,' mompelt Ange. Ze neemt maar jam.

Met koude ogen kijkt Irthe haar aan. 'Er heerst iets besmettelijks!'

Ange vermaalt werktuiglijk haar beschuit terwijl ze Dixie opneemt. Het meisje snikt nog steeds, ze houdt allebei haar vuisten tegen haar ogen gedrukt, en haar smalle schoudertjes schokken deerniswekkend. Jaloers denkt Ange: wat heerlijk om zo te kunnen huilen. Dat kan alleen maar als je nog niet weet dat alles toch weer overgaat. Alleen – wie garandeert je dat eigenlijk?

'Neem haar zo meteen voor alle zekerheid maar mee naar Henri,' zegt Irthe na een moment stilte.

'Naar die slijmbal? Kun jij dat niet doen?'

'Jij hebt een afspraak met hem.'

'Hoe kom je erbij!'

'Die heb ik voor je gemaakt.'

'Ben je gek geworden?'

'Dat verband van je moet verschoond worden.'

'Maar daarvoor wil ik naar het ziekenhuis.'

'Je gaat niet weer een hele dag op en neer reizen terwijl we omkomen in het werk en we hier vlakbij een dokter hebben zitten,' zegt Irthe op een toon die tegenspraak uitsluit.

Ange knijpt haar lippen op elkaar. In alle redelijkheid is niets tegen haar zusters woorden in te brengen. Ze heeft zich maar te schikken.

'Ik roei jullie dadelijk naar het dorp,' zegt Irthe kortaangebonden.

'We lopen wel,' mompelt Ange. Een afschuwelijke zekerheid neemt bezit van haar: dit is geen bui die zal overdrijven, zoals ze na de begrafenis van de kleine Gilles steeds heeft gehoopt. Irthe is eropuit haar te laten voelen wie de touwtjes in handen heeft.

'Ik moet toch de buitenboordmotor gaan ophalen,' zegt haar zuster, terwijl ze voor zichzelf een paar plakjes kaas afsnijdt, 'en dat leek me meteen al een leuk uitje voor Dixie, samen in de nieuwe boot, dus zo doen we het.'

Niet hangen er zoals anders kinderen bij de aanlegsteiger rond als Irthe aanmeert, en zelfs de honden laten hun gebruikelijke vertoon van waakzaamheid na. Het is bijna als een filmbeeld: dit dorp is besmet.

Irthe wacht totdat Ange en Dixie de stoep van Henri's praktijk op zijn gegaan. Dan wandelt ze naar de ijzerhandel van De Groot. Binnen is het zo koel dat ze even al het andere vergeet. De blinden zijn half neergelaten; tuinscharen, nijptangen en fietsonderdelen glimmen dof in het schemerdonker.

'Volk!' roept ze gewoontegetrouw. Vanachter de muur die de winkel van het woonhuis scheidt, komen gedempte geluiden. Een moment later stapt de ijzerhandelaar binnen, een lange magere man met een deegkleurig gezicht. Zijn ogen zijn roodomrand, alsof hij nachtenlang niet heeft geslapen. 'Hoe is het met je dochter?' vraagt Irthe ter begroeting.

De Groot begint voorwerpen op de toonbank te verplaatsen. 'Dat meisje is een vechter,' zegt hij kortaf.

'Heeft ze nog koorts?'

'Ja.'

'Hoog?'

'Bij een kind is het al gauw hoog.'

'Dat is waar,' zegt Irthe, zich verbazend over zijn vijandige toon.

'En Bartels' dochtertje heeft nog veel hogere koorts.'

'Maar bij Wim is het altijd het ergst.'

'Hoezo?'

'Nou ja, in het algemeen,' zegt Irthe, terwijl ze verzoenend glimlacht: daar maken we met z'n allen toch al jaren grapjes over!

'Maar ik heb je motor hier,' verklaart de winkelier. Hij klinkt beschuldigend.

'Ik ben eerlijk gezegd ook nogal ongerust over Dixie,' probeert Irthe.

Zonder acht op haar te slaan draait De Groot zich om en haalt uit een duistere hoek achter de toonbank een buitenboordmotor te voorschijn.

'Je weet wel: Gilles' dochter, die bij ons logeert. Ik heb haar maar even naar Henri gestuurd,' vervolgt Irthe. Ze bijt op haar lip. Anders luisteren de mensen toch ook naar haar.

In zichzelf gekeerd begint de ijzerhandelaar met een poetsdoek over de motor te wrijven. Net als de stilte drukkend wordt, zegt hij plotseling met vlakke stem: 'Als haar vader straks thuiskomt, wil je natuurlijk niet met een ziek kind zitten.'

'Nee,' zegt Irthe behoedzaam. Ze verplaatst haar gewicht van het ene been naar het andere. Ze wenste dat die man zich niet zo met die poetsdoek uitsloofde, met net te veel vertoon van onderdanigheid. Het kwetst haar: ze heeft de mensen nooit reden gegeven om haar als de koningin van Lombardije te behandelen. Ze grabbelt in haar tas naar haar cheques, ze heeft er vast niet genoeg bij zich, ze had de moeite moeten nemen om naar de bank te gaan, in plaats van ervan uit te gaan dat ze achteloos zou zeggen dat de rekening opgestuurd kan worden.

Zonder van zijn werk op te kijken vraagt De Groot onverhoeds: 'En wanneer precies komt onze Gilles nu weer eens thuis?'

'Nou,' begint Irthe, om zichzelf te onderbreken: 'Zeg, ben je trouwens op dat gepoets aan het afstuderen of zo? Hij glimt ondertussen heus genoeg.'

'Voor jullie is alleen het beste goed genoeg.'

Irthe maant zichzelf tot kalmte. Als een van haar vaste leveranciers dit had gezegd, zou ze het als een plagerij of een grapje hebben opgevat. 'Nu je het daar toch over hebt,' zegt ze luchtig, 'er zit toch wel garantie op, hè? En daar horen zeker nog servicebeurten bij?'

'Garantie uiteraard wel.'

'Uiteraard,' zegt Irthe. Die bespottelijke taal van zo'n middenstander. Garantie alsmede onderhoudsbeurten.

'Maar voor het onderhoud moet Gilles verder maar zorgen.'

'Juist.'

'Gilles had als kind al aardigheid in zulke dingen,' vervolgt de ijzerhandelaar, 'we zijn namelijk samen schoolgegaan, hij en ik, dus ik ben als het ware een van zijn oudste vrienden.'

'Werkelijk?' zegt Irthe. Ze tast naar het prijskaartje dat aan de motor hangt, maar haar kwelgeest is haar voor. Met een ruk trekt hij het los. 'Ik moet natuurlijk nog wel iets in rekening brengen voor het afstellen en doorsmeren.'

'Uiteraard,' zegt Irthe. Afstellen alsmede doorsmeren, maalt het door haar hoofd.

'Maar dat zal wel geen probleem zijn.'

Niet-begrijpend kijkt ze hem aan.

'Want jullie bezuinigen nu toch op personele kosten?'

Uitputting overvalt Irthe, ze zou ineens wel op haar knieën willen zinken en schreeuwen: 'Zeg het dan! Zeg het dan! Zeg dan wat je bedoelt!' Om haar heen blinken messen en grasmaaimachines luguber op in de halve duisternis. O mijn liefje, mijn verrukkelijke mosselman: tot hier was het kinderspel! Nu je me zo in de problemen brengt, mijn schat, nu mannen die tuinslangen verkopen me al aankijken alsof ik een misdadigster ben, nu zal ik daar iets tegenover moeten stellen.

'Denk ook eens aan ons,' verweert ze zich. 'Die man gaat zogenaamd op vakantie, en komt nooit weerom. Daar zijn wij ook lekker klaar mee. En dan bovendien nog dat ongeluk van Ange...'

'Ange,' snuift de ijzerhandelaar. 'Iedereen weet hoe onredelijk Ange is.'

'Nou ja,' zegt ze lauw.

'Die krijgt een driftbui en die ontslaat Gilles. En jij merkt het niet eens.' Op dat moment klinkt er vanuit het achterhuis klaaglijk gejammer. De Groot draait zich abrupt om en verdwijnt zonder een woord in de diepten van het huis.

Irthe wacht in toenemende agitatie op zijn terugkeer. Ze kan die laatste opmerking over Ange toch niet onweersproken laten! Dat mens heeft de laatste tijd al genoeg kwaad bloed gezet. En haar daden zullen altijd hun weerslag hebben op hoe Irthe door de mensen wordt gezien. Nu had zij zeker weer moeten voorkomen dat haar zuster Gilles zijn vermeende congé gaf! Zelfs voor gebeurtenissen die niet eens hebben plaatsgevonden, houdt men haar verantwoordelijk, want zij is Anges hoedster en van Ange kun je nu eenmaal alles verwachten. Die zaait al onheil als ze ademt.

Irthe voelt dat de tranen haar in de ogen springen, en ze wordt nog kwader: straks komt die man eindelijk weer te voorschijn en dan staat zij hier te huilen. Snel legt ze een paar cheques op de toonbank en haast zich met de buitenboordmotor de winkel uit. Met moeite sjouwt ze haar last door de uitgestorven dorpsstraat. Uitgerekend nu is er niemand in de buurt om haar even de hand te reiken. De mensen zijn bezig in hun winkels, werkplaatsen en bedrijven, en bij toeval kijken ze geen van allen net even op als zij passeert. Irthe strompelt langs de gevels waarachter ze haar leveranciers en hun gezinnen weet, langs de witgekalkte etalage van de slagerij, langs het raam waarachter Paula Willemse de gordijnen heeft gesloten. Ze krijgt vlekken voor haar ogen. Ze moet de motor even neerzetten, ze recht haar rug, ademt een paar keer diep in en uit en ziet dan aan de overkant van de straat iets bewegen achter de vitrages. Haar blik vliegt over de ramen, ze glimmen in het zonlicht, als boosaardige gedachten die een gezicht doen fonkelen. Zie juffrouw Irthe eens zwoegen! En waar zijn nu alle mannen die ooit naar haar gunsten dongen? Neem nota, juffrouw Irthe: dat krijg je ervan als je de ene aanbidder na de andere weglacht! Dan kom je er alleen voor te staan!

In hoeveel van deze huizen wonen oude bewonderaars? Achter vele ramen wordt nu hun middagmaal bereid, door vrouwen zoals zij van Bartels, vrouwen die de spelregels van het leven kennen, en die geen nootmuskaat nodig hebben in hun aardappelpuree. Er gaat een zucht van welbehagen door de straat waar juffrouw Irthe aan de schandpaal van haar eigengereidheid is genageld. De ene helft van het dorp, de helft die op blauwe slippers de aardappelen kookt, denkt: te laat, kapsoneslijdster met je neus in de wind, te laat! De andere helft, de helft die de aardappelen verdient, legt gereedschap neer en sluit deuren achter zich: op huis aan, op huis aan, de etensgeuren komen je al tegemoet.

'Maar Irthe,' roept Tom Willemse als hij uit zijn werkplaats naar buiten komt, 'dat is toch geen karwei voor een vrouw alleen!'

'O Tom,' brengt Irthe uit. 'Nee, het lukt best, laat maar.' Tot in haar haarwortels voelt ze de opluchting prikken. Wat staat ze zich hier in die snikhitte allemaal in te beelden? Waarom zou ze geen voorkomendheid van de mensen kunnen verwachten? Eet tenslotte niet het halve dorp van Het Hemelse Gerecht? 'Hoe gaat het nu met jullie? Redt Paula het een beetje?' vraagt ze dringend.

De timmerman spreidt hulpeloos zijn handen. 'Ik zal haar maar niet laten wachten met het eten,' mompelt hij.

Verslagen ziet Irthe hem zijn huis binnen gaan en de deur achter zich sluiten. Opnieuw staat ze verloren in de lege straat, even kwetsbaar als zichtbaar. Wanneer ze zich omdraait, fietst de postbode voorbij. Zwijgend heft hij een hand en buigt zich dan weer over zijn stuur. Ineens vraagt Irthe zich af waarom ze eigenlijk nooit over Wim Bartels heeft gedroomd als ze vroeger over de liefde droomde. Zij had zij van Bartels kunnen zijn ('Het is zo'n leuk stel, die van Bartels'), met haar benen veilig in zijn fietstassen. Ze had iemand van het dorp kunnen zijn. Een verschrikkelijke wraaklust snijdt haar haast de adem af. Gilles en zijn egoïstische grillen! Om de benen te willen nemen en haar onbeschermd achter te laten met een half idiote zuster die rampspoed veroorzaakt bij elke stap die ze zet. Daar zal hij voor boeten. Haar geduld is op. En Ange hoeft al evenmin nog langer op haar lankmoedigheid te rekenen. Ze heeft er schoon genoeg van. Kop in, Ange, als huisgezinnen door ziekte en dood worden bezocht! Dat zijn niet de momenten om uit te munten in excentriek gedrag! Kuil je in, hou je gedeisd en zorg niet voor nog meer gemok en gemompel achter de vitrages. Je mag blij zijn dat je een zuster hebt die rekening weet te houden met de omstandigheden. Een zuster wie het leven heeft geleerd pragmatisch te zijn. Want als we dan toch over de liefde moeten dromen, zoals vrouwen doen, waarom zouden we dan niet onomwonden dromen over de voordelen die het hebben van de juiste man biedt? Ach, de zogenaamde liefde! Zou je er ondertussen niet om lachen?

Irthe bukt zich en hijst de buitenboordmotor weer op haar heup. Vroeg of laat zal zelfs Ange moeten erkennen dat het strategisch juist was om Henri's belangstelling te wekken.

'En met Irthe ook alles goed?' vraagt Henri. Hij hoort dat zijn stem allerminst neutraal klinkt en hij vervloekt elk verhit moment uit zijn doorwaakte nacht. Als het er het meest op aankomt, is men vaak helaas het slechtst in vorm.

Ange is bekaf doordat Dixie in de overvolle wachtkamer voortdurend over een speelgoedbeest zeverde, om vervolgens in tranen uit te barsten. 'Kunnen we even opschieten?' zegt ze kortaf tegen Henri.

'Heb je veel pijn?' vraagt hij.

Ange kijkt hem verstoord aan. Dat heeft geen mens haar nog gevraagd en ze is niet van plan zich er nu in te verdiepen. 'Het is nou een dag of vijf,' vervolgt hij. 'Dus je hechtingen kunnen er nog niet uit.'

'Kijk eerst even naar dat kind.'

Hij draait zijn stoel achter het ouderwetse bureau een halve slag. 'Zo, Dixie. En waarom ben jij met tante Ange meegekomen?'

'Ik ben haar tante niet,' zegt Ange. 'En ze heeft niks, behalve heimwee, maar dat gelooft Irthe pas als jij het zegt.'

'Ze zou toch allang naar huis zijn gegaan?'

'Ja, maar toen kregen we dat telefoontje. Ze blijft nog wat.'

'En waarom maakt Irthe zich ongerust over haar?'

'Omdat ze vanochtend een beetje zat te sippen.'

Henri buigt zich voorover. 'Heb jij pijn in je buik?'

Dixie knikt, terwijl ze naar de vloer blijft kijken.

'Heeft ze verhoging?'

'Niet dat ik weet,' antwoordt Ange naar waarheid.

'En eet ze nog lekker?'

'Zeg zelf eens wat,' zegt Ange bruusk. Ze duwt het kind naar voren.

Dixie laat haar schouders hangen. 'Aap is weg,' fluistert ze.

'Aap?' Henri draait weer heen en weer in zijn stoel. Hij kijkt hulpzoekend naar Ange.

'Een speelgoedbeest,' zegt zij. 'Dat om de haverklap verdwenen is.'

'En zou je buikpijn over zijn als je je aap weer terugvond?' vraagt hij het kind.

Ondanks zichzelf denkt Ange: er zit toch enig verstand in die halve zool. Ze geeft Dixie een por. 'Ja,' murmelt die.

'Goed zo. En nu jij, Ange,' herneemt Henri. Hij staat op en gaat haar voor naar de behandelkamer. Ange gaat op een krukje zitten. Ze haalt haar arm uit de mitella en kijkt zonder veel belangstelling toe als het verband wordt opengeknipt. De hand die eruit te voorschijn komt is als van een vreemde. 'Maak je je zorgen over die pees?' vraagt Henri.

'Die hebben ze op de eerste hulp toch ook meteen gehecht!'

'Ja, dat wel.'

'Nou dan.'

'Maar of je in die hand je kracht helemaal terugkrijgt, is natuurlijk de vraag.'

'Nee, dat zal wel even duren,' zegt Ange bits.

Henri knipt een stuk gaas af. Zonder haar aan te kijken merkt hij op: 'Je zult er misschien toch rekening mee moeten houden dat je hier blijvende gevolgen van kunt ondervinden.'

Ange houdt zich in bedwang. Zodra de hechtingen eruit zijn gaat ze naar een fysiotherapeut in de stad en dan zal ze die klungel eens wat laten voelen. Ze haat het dat hij haar aanraakt met die dorre vingers van hem. Je moet er niet aan denken ze elders op je lichaam te voelen.

'Wat zou je er trouwens van vinden om eens samen te gaan eten?'

'Wat zeg je?' roept Ange geschrokken uit. In een reflex trekt ze haar hand terug.

Hij strijkt langs zijn das. Hij glimlacht. 'Mag ik je eens mee uit nemen?'

'Ik zou niet weten waarom,' zegt Ange wild.

'Om niks. Zomaar. Dat schijnt wel vaker te gebeuren.'

'Ik ben daar gek,' ontvalt Ange. Ze ruikt ineens zijn aftershave. Ze snauwt: 'Je bent een geval voor de medische tuchtraad. Je hoort je patiënten met rust te laten, Henk.'

Nu lacht hij voluit. Ze amuseert hem kennelijk. 'Maar jij bent toch helemaal geen patiënt van me. Ik heb je nog nooit eerder behandeld.'

'Ik zit hier nu toch!' Meteen wil ze die woorden inslikken: ze wenst evenmin in zijn kaartenbak terecht te komen als met hem aan tafel te belanden.

Henri wendt zich tot Dixie, die in de deuropening staat toe te kijken. 'Waarom ga jij hiernaast niet even vragen of de zuster een paar mooie flesjes voor je heeft?' 'Ik ben zo klaar,' roept Ange haar na, om zichzelf gerust te stellen.

'Wat zou je zeggen van aanstaande maandag, Ange? Dan zijn jullie toch gesloten.'

'Wat moet ik nou in een vreemd restaurant?'

'Met mij dineren.'

'Je dineert toch al elke week bij ons.'

'Ja, maar ik wil je nu weleens een keer tegenover me hebben, in plaats van in de keuken.'

'Dixie wacht op me, dus maak nou een beetje voort.'

'Zal ik je maandag dan om zeven uur komen halen?'

'Nou nee,' zegt Ange perplex.

'Halfacht?'

'Luister eens,' begint ze, maar dan beseft ze dat die windbuil nog van de generatie holenmannen is die in elk nee een ja verkiest te horen. Hoe harder ze tegenstribbelt, des te meer zal hij zich aangemoedigd voelen. Waarschijnlijk denkt hij op dit moment zelfgenoegzaam: ik ken Ange toch, altijd even kortaf en aangebrand, nee, dat betekent niets. Al die jaren dat ze hem heeft afgebekt moeten hem immuun hebben gemaakt. Het zal niets uithalen om bot tegen hem te doen, zoals het, omgekeerd, al even zinloos is gebleken mensen zo omzichtig mogelijk tegemoet te treden. Elk verband tussen haar gedrag en hoe daarop wordt gereageerd is de laatste tijd zoekgeraakt. Ze kan niemand meer duidelijk maken wat ze bedoelt of wat haar bezielt.

'Ik zal iets aardigs reserveren,' zegt Henri verheugd.

Zelfs nu ze niet hoeft te roeien, heeft Irthe het nog warm, midden op het water, de wind in haar haren. Ze droomt van onweersbuien met wolken als vulkanen, afwisselend zwart en okergeel van kleur, en ten slotte violet. Voor haar geestesoog strekken zich frisse uiterwaarden vol plassen uit, lauwe druppels vallen op haar gezicht, ze heeft Dixie een zuidwester opgezet, zo'n knalrode, en het kind springt aan haar hand langs de waterkant. Ze zijn op weg naar de oude hut die de eendenkooikers vroeger gebruikten en die nog steeds verlaten op de oever staat. Kinderen zijn gek op hutten. Irthe draagt een picknickmand vol malle hapjes: kabouterboterhammen met pindakaas en komkommer, pakjes chocomel en kleine radijsjes waarin gezichtjes zijn gesneden. Ze ziet stevige beentjes levendig door de modder plenzen, en ze probeert dat beeld vast te houden in plaats van dat andere: Dixie aan de ontbijttafel, lusteloos tegen de stoelpoten trappend, slap, hangerig. Je moet niet meteen het ergste denken.

Zijn er over de kracht van positief denken tenslotte niet hele boeken vol geschreven? Je schijnt er zelfs de loop van het noodlot mee te kunnen beïnvloeden – een obscurantistische gedachte natuurlijk, maar daarom nog niet minder interessant. Onveranderlijk blijft bijvoorbeeld staan dat Dixie voorlopig nog niet wordt opgehaald, precies zoals Irthe het zich steeds heeft gedroomd. Zelfs de toedracht klopte. Toen Ange zei dat Dixies moeder had opgebeld, stond

Irthes hart even stil. Noem het maar toeval! Lach er maar om! Maar zij heeft ooit haar vader dood onder aan de trap gevonden, net zoals Ange en zij dat honderden malen hadden besproken: 'Dronken mensen stappen gemakkelijk mis.' Toen het noodlot hun plan voor hen uitvoerde, waren zij nog jong genoeg om te durven geloven dat wat zich in je hoofd afspeelt werkelijkheid kan worden als je het maar vurig genoeg wenst. Want al was er nog zoveel toeval aan het ongeluk te pas gekomen, daarmee was nog niet gezegd dat zij dat niet hadden opgeroepen en bestuurd.

Irthe wijkt uit om een rijnaak te laten passeren. Ze heeft slechts een vaag besef van de verkeersregels te water, maar het schip is groot genoeg om haar inschikkelijk te maken. Alles in het leven, denkt ze, komt neer op zen: je moet meegeven, want wie buigt kan niet barsten. Dat is de manier om greep te krijgen op je lot, dat in combinatie met positief denken. Maar als op de oever het kerkhof met zijn witte zerken voorbijschiet, denkt ze onwillekeurig: toch kunnen we niet ten eeuwigen dage uit piëteit wachten met naar een andere slager om te zien, er is een grens aan inschikkelijkheid. Ze heeft al gedaan wat ze kon. Ze heeft zelfs weten te verhinderen dat Ange naar de begrafenis van Van de Wetering ging. Haar aanwezigheid zou de mensen diep hebben geschoffeerd. Want al is het nog steeds een raadsel waarom de slager is verdronken, Irthe heeft het gefluister in het dorp wel gehoord. Aan de onbegrijpelijkheden van het noodlot valt natuurlijk niet te ontkomen, maar daarmee is volgens de mensen nog niet gezegd dat Ange die niet heeft opgeroepen en bestuurd: zij heeft iets in Kees van de Wetering z'n hoofd doen knappen.

Als Ange met Dixie bij de steiger aankomt, is die verlaten. Irthe is natuurlijk al naar huis om de noedels te maken voor de gnocchi aux poireaux. Ange ziet voor zich hoe haar zuster aardappelen en prei afgiet, ze drukt de groente door een zeef, ze voegt er bloem en eieren aan toe, ze rolt het mengsel uit en snijdt er sliertjes van, die ze pocheert in het groente-nat, ze bestrooit de noedels met geraspte gruyère, giet er slagroom over en zet de schotel klaar in de oven. Woedend denkt Ange: ze is de saffraan en de pijnboompitten verge-ten. Haar eerste impuls is naar huis te stormen. Maar dan denkt ze aan haar keuken, aan stoom die sissend ontsnapt, aan flambeerpannen vol hoog oplaaiende vlammen, aan spiezen waaraan uien worden geregen. Ze drukt haar ge-kwetste arm tegen zich aan. Geen mens zal die saffraan en die pitten missen.

'Moeten we nu helemaal naar huis lopen?' vraagt Dixie met een jengelstem. 'Kunnen we niet met de bus?'

'Ik heb geen geld bij me,' zegt Ange, terwijl ze zich af-vraagt hoe ze op dit punt van haar leven is beland, zonder een cent op zak gestrand in een gehucht aan de rivier. Is dat het batig saldo van al die jaren roeren, stampen, pureren, pocheren?

'Misschien mogen we wel voor niks in de bus, als we zeg-gen dat we morgen betalen.'

'Morgen,' herhaalt Ange verwezen. Een eindeloze reeks dagen strekt zich voor haar uit, gevuld met veeleisende op-gaven waartoe ze niet de minste lust heeft. En voordat je het weet is het maandag en staat die hoe heet hij vol amoureuze bedoelingen op de stoep.

'Ik ben te moe om te lopen,' zeurt Dixie.

'Jij mankeert niets.'

'Ik wil aap.'

'Daarvoor moeten we eerst naar huis,' concludeert Ange met tegenzin.

'Ga jij hem dan voor me halen?'

'Irthe zal hem wel voor je zoeken.'

Dixie plukt schuldbewust aan haar lip. 'Maar ik weet best waar hij is.'

Plotseling slaat de motor af. Irthe geeft een paar flinke ruk-ken aan de starter, maar er gebeurt niets. Ze controleert het brandstofpeil. Sabotage, denkt ze in een flits. Ze trekt nog een keer aan de starter en ruikt benzine. Misschien is de motor al verzopen. In gedachten ziet ze een flauwe glimlach op het gezicht van de ijzerhandelaar verschijnen: dan had Ange Gilles maar niet moeten ontslaan. Gilles zou dit klusje zó hebben geklaard.

Inwendig ziedend roeit Irthe verder naar huis. Het kost haar moeite de boot aan land te trekken; het gewicht ervan lijkt verdubbeld door die ellendige motor. Het liefst zou ze meteen die middenstander bellen om hem de waarheid te zeggen, maar ze moet dringend aan de noedels beginnen. Eerst het eten, en dan de moraal. Ze heeft zo'n idee dat ze de pijnboompitten uit Anges recept zou kunnen vervangen door heel knapperig gehouden venkel. Of misschien maakt ze trouwens liever een tortellini met schelpdiertjes. Ze bukt zich, plukt verstrooid een grashalm en steekt die in haar mondhoek. Water-bloed, gaat het door haar heen. En meteen vloeien alle ergernis en wrevel uit haar weg, want blijkt er niet in alle stilte een wens in vervulling te zijn gegaan? Als de mensen geloven dat Ange Gilles heeft ontslagen, zal niemand immers meer een verklaring voor zijn afwezigheid eisen. Het zou zelfs kunnen dat men hem niet eens meer terug verwacht na Anges smadelijke behandeling. Als hij nooit meer boven water komt zal daar wellicht geen haan naar kraaien.

Wat is dat opeens, denkt Ange, waardoor ze het zo benauwd krijgt?

'Wacht even,' mompelt ze.

'Ja, maar als ik je vertel waar aap is, word je misschien boos,' ratelt Dixie door.

Ange staat stil en probeert lucht te krijgen. Het gewicht van het hele universum drukt op haar, en verontrust kijkt ze op. De zon staat niet langer aan een strakblauwe hemel te branden, er is een dik floers voor getrokken dat het licht dof maakt en een vreemd effect heeft op de zojuist nog heldere kleuren om haar heen. Alles lijkt zwart en okergeel.

Op de overloop van de tweede etage, met haar hand al op de leuning van de zoldertrap, wordt Irthe tot staan gebracht door de gewaarwording dat er iets ongewoons aan de hand is. Midden op de dag is het donker aan het worden. Bevreemd loopt ze door het magazijn naar het raam. Op dat ogenblik begint het hele huis te zuchten, het snokt, het kraakt in zijn gewrichten, het raam trilt in de sponning, het dak kreunt – en ze verbeeldt zich een druk op haar oren te voelen en een reusachtige kosmische klauw rond haar borst: we gaan imploderen! Het is alsof alle partikeltjes in de atmosfeer vijftien kanten tegelijk op willen, de elektriciteit in de lucht is voelbaar.

Grote genade, denkt Irthe geïmponeerd. Voor haar ogen ziet ze de hemel dichttrekken en zwart worden als een pan die aankookt; vierenhalve week uitzinnige hitte dikt zich in tot een inktzwarte dreiging. Er komt een onweersbui aan die zijn weerga niet kent. Binnen een paar uur zal de ondraaglijke hittegolf al beginnen een herinnering te worden. De mensen zullen opgelucht ademhalen, hun lichtgeraaktheid zal verdwijnen, en het zal hun te binnen schieten dat het hoog tijd is om hun tuinen in te zaaien. Morgen zal het eindelijk weer een gewone dag in april van het jaar negentienhonderdzoveel zijn.

Gilles zal ook wel blij zijn dat het weer eindelijk omslaat. Hoe zwaar moet het hem zijn gevallen onder deze omstandigheden voet bij stuk te houden! Dat heeft hij natuurlijk alleen maar gered omdat hij verwachtte dat er vroeg of laat vanzelf een akkoord bereikt zou worden: zijn afwezigheid kan gewoon niet oneindig voortduren, daar komen lastige vragen van. Irthe glimlacht spottend. Ze gaat hem een belangrijke illusie ontnemen. Je kansen zijn voorgoed verkeken, jongen. Ze hebben je afgeschreven. Dat zal je leren!

Uit het raam starend grijpt ze een lok haar en draait er een strengetje van. Ze heeft nooit veel van die man gevraagd. En nu al evenmin. Er wordt niets bovenmenselijks van hem verlangd. Hij hoeft alleen maar op zijn knieën. Je schikken is toch geen kwestie van leven of dood! Dus als dit op een drama gaat uitlopen, heeft hij dat aan zichzelf te danken.

Het is inmiddels zo duister dat ze haar gezicht vaag in de ruit weerspiegeld ziet. Ze is zo wit als een doek geworden. Maar wie denkt er nu ook meteen aan een drama! Hij weet best dat het steeds louter de bedoeling is geweest hem eens flink op zijn nummer te zetten. Dat komt en dat gaat maar naar eigen goeddunken, dat denkt het ene leven straffeloos in te ruilen voor het volgende. Zo iemand verdient een lesje. Wou jij ervandoor? Je blijft maar zitten waar je zit! En wat voor ander wapen had ze dan zijn eten en zijn drinken? Ze moest hem vóór blijven, ze moest hem de mogelijkheid tot een hongerstaking ontnemen, ze moest zorgen dat hij de rollen niet opnieuw omdraaide. Hij behoort de machteloze te zijn – anders zou deze hele onderneming geen zin hebben.

Geagiteerd maakt ze de losgetrokken haarstrengen weer vast. Aan de horizon schicht de eerste bliksem langs de hemel. Met wijd opengesperde ogen ziet ze het weerlicht als een beschuldigende vinger tegen de deemstere lucht afgetekend staan. Het is alsof er een hemels gerecht aan het werk is. Alsof het haar idee was Gilles op zolder op te sluiten! Het was haar zusters onzalige gedachte! Haar zuster heeft heel deze ellende op gang gebracht.

Er is een vervloeking over ons neergedaald, denkt Ange als de wind aan haar kleren begint te rukken. Ze grijpt Dixie bij de hand en begint te hollen over de dijk die zich verlaten en eindeloos voor hen uitstrekt.

Het gerommel van de donder komt naderbij, of misschien klinkt het alleen maar zo luid doordat het over de rivier wordt aangedragen. Irthe draait het raam de rug toe. Wanneer heeft ze eigenlijk voor het laatst water naar boven gebracht? Ze kan het zich niet herinneren. Maar nu ze Gilles toch wil spreken, kan ze net zo goed weer eens wat te drinken meenemen.

Met een bittere smaak in haar mond gaat ze naar beneden. De klok boven de keukendeur laat zien hoe laat het alweer is. Terwijl er een paar flessen onder de kraan vol water lopen, begint ze snel wat prei en aardappelen te snijden. Gehaast zet ze de pan vast op het vuur. Als ze zich weer opricht en door het raam naar buiten kijkt, om te constateren dat het nog altijd niet regent, is het even alsof het zojuist oplichtende schijnsel van de gasvlammen nog voor haar ogen danst: achter in de tuin is haar oude museum door licht omlekt. Scherp staat het tegen de loden lucht afgetekend, gevat in een vreemd en helder halo. St. Elmusvuur, denkt Irthe met een schok. Ze draait de kraan dicht. Op hetzelfde ogenblik kraakt de lucht open en flitst er een wijdvertakte bliksem neer. Alles wordt met wit licht besproeid. Knallend ontladen de grillige uitlopers zich tussen de lage, zwarte wolken en met een klap boort de hoofdader zich in het museum.

Half verblind rent Irthe naar buiten. Ze ziet nog steeds vurige strepen als ze zich halverwege het tuinpad bedenkt: opnieuw knettert het weerlicht angstaanjagend dichtbij. Terug in de keuken ziet ze de vlammen uit het museum slaan. Als een slaapwandelaar reikt ze naar de telefoon, de hoorn valt van de haak, ze hoort een zoemtoon. Wie moet ze in godsnaam bellen? Onder welke gemeente valt de brandweer? Wat is het alarmnummer van de politie? Waar is het verdomde telefoonboek? Irthe legt de telefoon neer. 'Kalmte,' zegt ze hardop. Het is niets voor haar om zo in paniek te raken. Er brandt een schuur met oude rommel af, dat is alles. En die staat ver genoeg van het huis af om niet te hoeven vrezen voor het overspringen van het vuur. Het enige dat er kan gebeuren, is dat de hitte misschien een ruit doet springen. Maar voordat het zover is, zal het allang regenen. Opeens wordt ze gewaar dat er wordt aangeklopt. Achter het glas van de deur staat een onbekende man wild te gebaren. 'Wat?' schreeuwt Irthe.

'Hebt u hulp nodig?'

147

Verbouwereerd opent ze de deur. 'Ik geloof het niet,' zegt ze. De bijstand van een wildvreemde is wel het laatste dat ze had verwacht. In het dorp moet die inslag toch ook te zien zijn geweest.

'Ik zag het gebeuren toen ik over de dijk kwam aanrijden. Hebt u de brandweer al gebeld?'

'Kijk nou!' Ze grijpt hem bij zijn mouw. 'Het begint te regenen! Net wat ik dacht! Nee, ik wilde juist gaan bellen.'

'Goeie God!' Hij beent langs haar naar binnen, ziet de telefoon op tafel staan en begint een nummer te draaien, terwijl hij over zijn schouder opmerkt: 'U bent wel heel koelbloedig.'

'Nou ja. Zo'n vaart loopt het ook niet.' Irthe registreert dat ze gevleid is. Ze heeft de laatste tijd niet veel complimenten gekregen. Ze neemt hem tersluiks op terwijl hij in de hoorn praat. Hij heeft een regelmatig, open gezicht en een mooie, fiere houding. Hij zal iets jonger zijn dan zij en zijn haar heeft de kleur van gebrande suiker. Als ze merkt dat hij haar onder het spreken eveneens vanuit zijn ooghoek bestudeert, wendt ze enigszins beduusd haar blik af. Buiten rommelt de donder, al bijna overstemd door het geraas van de regen. Roetzwarte rook kolkt uit het museum omhoog, hier en daar is een uitschietende vlam zichtbaar: daar gaat de geschiedenis van een mensenleven lang koken. Daar gaat Anges monument.

Ze hoort de klik van de telefoon. 'Ik wilde net koffie zetten,' zegt ze. 'Doe ik u plezier met een kopje?'

Hij kijkt haar schattend aan. 'Wilt u niet weten wat ze bij de brandweer zeiden?'

'Dat ze zo zullen uitrukken, neem ik aan.'

'Bent u nou echt zo onverschrokken, of hebt u soms een shock?'

'Die schuur daar,' zegt Irthe, 'bevat niets van enige waarde, en bovendien dekt de verzekering de schade. U zou in mijn geval net zo kalm reageren als ik.'

Hij schiet in de lach. Mooie tanden. Maar er is iets waakzaams in zijn blik. Irthe denkt: ik ben te formidabel. 'Wat zei de brandweer?' vraagt ze gedwee.

'Dat ze zo zullen uitrukken.'

'Zet ik dan even water op?'

'Dan haal ik even iets voor u uit mijn auto.'

'Maar het giet!' Dat is de toon, denkt Irthe verbaasd, nu sla ik de spijker op z'n kop. Nu kan hij zeggen dat hij van een buitje niet zal smelten.

'Dat overleef ik wel.'

Als hij de keuken heeft verlaten, imiteert ze hoofdschuddend: 'En? Bent u erg van streek?' Het is natuurlijk veel interessanter als je in alle staten bent. Als vrouw alleen behoor je je niet te kunnen redden, al word je in de praktijk ook geacht ijzer met handen te kunnen breken. Terwijl ze koffiekopjes klaarzet, valt haar blik op de flessen water die nog steeds op de hoek van het aanrecht gereedstaan. Ze krijgt een geweldige zin die stuk te smijten. En ze hangt straks een briefje aan de deur van het restaurant dat ze vanavond wegens omstandigheden zijn gesloten. Nijdig draait ze het gas onder de pan met groenten uit. 'Suiker en melk?' vraagt ze als ze de deur weer hoort dichtslaan. Ze draait zich om. Verbluft neemt ze het boeket aan. Witte rozen met gipskruid. 'Lieve help,' zegt ze.

'Er zit een kaartje bij, hoor. Ik moest ze met spoed afleveren.'

'Nou, dat heeft je dan in elk geval op precies het juiste moment hier gebracht.'

'U moet ze even goed schuin afsnijden.'

Irthe gebaart naar een stoel, terwijl ze de bijkeuken in schiet. Vlug wikkelt ze het cellofaan los en haalt het kaartje te voorschijn. Van Henri. Rozen van Henri! Hij heeft het niet nodig gevonden iets anders op het kaartje te laten zetten dan zijn naam. De taal der bloemen zal hem welsprekend genoeg zijn voorgekomen. Irthe glimlacht terwijl ze het boeket in een vaas schikt.

'Nou, iemand weet wat u toekomt,' zegt de jonge bloemist

als ze de bloemen op tafel zet. Uit zijn blik maakt ze op dat hij het vanzelfsprekend vindt dat een vrouw als zij met rozen wordt overladen. Zo vreemd is het natuurlijk ook niet, dat iemand haar aantrekkelijk zou vinden.

'Van de aanbidder van mijn zuster,' zegt ze op neutrale toon, terwijl ze de koffie inschenkt. Ze ziet nu pas hoe nat zijn haar is geworden, en ze overhandigt hem een handdoek. Zijn vingers raken de hare als hij die aanpakt. 'Nog bedankt voor de hulp,' zegt ze.

Met zijn verwarde haren lijkt hij een stuk jonger, hooguit vijfentwintig. Ze weet ineens niets meer te zeggen. Hij geeft haar de handdoek terug en hun blikken ontmoeten elkaar even. Dan kijken ze beiden naar buiten. Achter in de tuin smeult het museum, en de oranje gloed strekt zich uit tot over de rivier. Een passend decor voor iets zwoels. 'Hoe lang zou het eigenlijk duren voordat de brandweer hier is?' vraagt ze om de geladen stilte te verbreken.

'Tien minuten. Een kwartier.'

'Een zee van tijd.'

Hij lacht. 'Ja, hoe krijgen we die om?'

'Nog koffie?' Irthe besluit tot een voorzet. 'Of iets anders?'

Hij aarzelt. Hij leunt wat achterover en lijkt de situatie te overdenken. Vooruit, denkt Irthe, ik zal je heus niet opeten. Maar ineens is het haar ernst, ze wil dat hij haar aanraakt, ze wil een lichaam tegen het hare voelen. Ze schuift haar stoel dichterbij.

Hij kijkt haar van terzijde aan: 'Ik moet eigenlijk verder.'

'In dat beestenweer?'

'Ik heb nog een hoop bestellingen. En het is hier in de buurt altijd zulke enden rijden.'

'Waar woon je zelf?'

Hij maakt een gebaar naar het westen. 'O ja?' zegt Irthe in het wilde weg. Ze buigt zich naar hem toe, haar borsten raken zijn bovenarm en ze legt haar hand op zijn mouw. Heel even laat ze haar vingertoppen over zijn pols glijden. Hij slaat zijn ogen neer en bekijkt haar hand. Dan vouwt hij er de zijne overheen. Een koele, droge hand die de hare bedaard omvat en van zijn mouw verwijdert. 'Dan ga ik maar,' zegt hij terwijl hij opstaat. 'De brandweer kan elk moment komen, dus u hoeft verder nergens bang voor te zijn.'

Irthe probeert te lachen.

'O verdorie, uw Chrysal! Sorry.' Hij haalt een pakje poeder uit zijn broekzak en legt het op tafel.

'Jee,' smaalt Irthe. 'Wat zorgzaam nu weer.'

'We doen ons best,' zegt hij zonder een spoor van ironie. 'Dag mevrouw, sterkte verder.'

'Nou, bedankt, hoor,' zegt Irthe zonder op te kijken.

'En u voor de koffie.'

Ze hoort de deur zich met een klik sluiten. Ze legt haar armen op het tafelblad en laat haar hoofd daarop zakken: dank u wel voor de koffie. Dat is pas wat je noemt een keurige jongen. Met thuis vast een keurig vrouwtje. Zo'n blond schuimpje, dat altijd netjes haar beurt afwacht en nooit aan vreemde mannen zit. Zo'n meegaand schaap met een zacht stemmetje, dat graag op een sterke schouder leunt. Irthe richt zich op en pakt het zakje Chrysal. Het heeft de temperatuur aangenomen van het dijbeen waartegen het al die tijd heeft gerust. Bruusk scheurt ze het open en stort het leeg in de vaas. Langzaam lossen de korrels op in het water. Met trage passen gaat ze naar het raam en leunt tegen de sponning. Ze voelt zich door onzichtbare, honende ogen bekeken.

Achter in de tuin leveren het vuur en de regen nog steeds strijd: grote hoeveelheden rook worden uit alle naden van het museum te voorschijn geperst. Daarbinnen moet het branden als een fornuis, dankzij het papier en karton van al die ontelbare, zorgvuldig verzamelde en gedateerde verpakkingen, die ooit de jaren negentienhonderdzoveel tot en met -zoveel tot een onverbrekelijke keten regen. Heel het leven dat achter haar ligt, vergaat ginds tot as en sintels. Irthe kucht. Haar ogen tranen. Begint er soms rook door kieren en gaten de keuken in te lekken? Ze zal snel natte handdoeken langs de kozijnen moeten leggen, ze behoort te handelen, ze moet de zaak meester zien te blijven. Er is brand op haar erf! De huizenhoge rookkolom moet tot in de wijde omtrek te zien zijn.

'Zijn ze lang aan het blussen geweest?' vraagt Wim Bartels terwijl hij zichzelf aan een extra suikerklontje helpt.

'Een uur of zo,' zegt Irthe razend.

'Ja, ik heb maar even gewacht totdat de regen wat afnam.'

'Ik zou denken dat een mens ondertussen weleens opknapte van een buitje,' zegt Irthe. Dan ontvalt haar: 'Vroeger liep je anders heel wat harder. En toen wist je Het Hemelse Gerecht door weer en wind te vinden.'

'We worden allemaal een dagje ouder,' vindt de postbode somber.

'Je meent het.'

'Ik zeg nog tegen mijn vrouw,' vervolgt Bartels.

'En? Hoe is het met haar gordelroos?' Bevend van drift zet ze haar kopje neer.

'Halen en brengen. En nou met de kleine zo ziek...'

Irthe sluit een moment haar ogen. De mensen hebben hun eigen zorgen. Ze hebben terechte excuses.

'Maar goed, ik zeg thuis dus nog: Irthe redt het wel, met dat brandje. Als er iemand is die weet wat ze in zo'n geval moet doen, is het Irthe wel.'

'O, zei je dat.'

'Jij bent immers altijd zo'n flinke. Daar kan iedereen een voorbeeld aan nemen.'

'Voor mijn omgeving is dat in elk geval reuze gemakkelijk.'

Verontrust zegt hij: 'Jij wordt toch niet ook ziek, hè, daar moet je mee oppassen als je al extra onder druk staat. Kun je jezelf niet een beetje ontzien? Je ziet gewoon puur wit. O wacht, daar komt je brood net aan.'

'Binnen zonder kloppen!' roept de bakker, terwijl hij de deur met zijn elleboog van de klink stoot. Een spoor van modder achterlatend komt hij de keuken in en zet zijn mand op tafel. Hij is een gezette man met een geplaagde uitdrukking op zijn gezicht, alsof hij in de diepten van zijn oven regelmatig helse taferelen ziet.

'Ook goeiemiddag,' zegt Irthe.

'Geef die man een kop koffie,' vindt Bartels.

'Wat een weer opeens,' zegt de bakker. Hij gaat zitten. 'Ha, Wim. En hoe is het thuis nou?'

'Matig, dank je,' snauwt Irthe. 'Zo'n brand pak je toch aan.'

'Het is gelukkig een sterk meidje,' zegt Wim Bartels, 'maar ze blijft evenzogoed op het randje van kritiek.' Hij begint onmachtig in zijn grote handen te wrijven. 'Ik kan je niet vertellen wat er door je heen gaat als je aan dat bedje zit. Ik heb er vannacht nog als een kind bij zitten janken.'

Irthe voelt dat ze een kleur krijgt. Beschaamd reikt ze naar de koffiepot.

'Die jongen van ons is er toch ook weer doorheen gekomen? Trek je daar maar aan op. Wij dachten ook meteen het ergste.'

'Ik hoop het je later na te zeggen.'

'Begin nou gewoon met daarvan uit te gaan,' zegt Irthe. De beide mannen kijken haar aan alsof ze haar aanwezigheid allang vergeten waren. 'Laten we er maar over ophouden,' mompelt de postbode.

'In elk geval wordt er nou wel eindelijk werk van gemaakt,' zegt de bakker peinzend. 'Ze schijnen alles aan het doormeten te zijn, de lucht, het water, de bodem. Bij mij hebben ze vanochtend ook monsters genomen, en zelfs nog bij Van de Wetering. Het geeft je straks toch een rustig gevoel te weten dat je er niks mee te maken hebt gehad.'

'Daar heb je me nog niets over verteld,' zegt Bartels met enige verontwaardiging tegen Irthe. Het moet hem wel kwetsen de laatste te zijn om een nieuwtje te vernemen.

'Ik hoor het ook voor het eerst. Ik heb nog geen inspectie gehad.'

'Nee, ze beginnen altijd bij de kleintjes, zo doen ze het bij de belastingen ook,' stelt de bakker vast. 'Wil je trouwens gelijk voor morgen bestellen Irthe, of moet je eerst zien hoe je vanavond uitkomt?'

Ze kijkt naar de hoog opgetaste mand, waarvan de hele inhoud in één avond vermalen zal worden, in brokken gescheurd en in de soep gedompeld, of dik met jonge grasboter besmeerd – tot op de laatste kruimel zal men alles naar binnen proppen. Ze ziet kaken kauwen, adamsappels heen en weer schieten. 'Ik ga vanavond dicht,' zegt ze met een gevoel van triomf.

'Ja, had dat dan eerder gezegd! Je weet toch hoe laat ik voor je begin te bakken!'

'Maar Irthe,' zegt Wim Bartels op redelijke toon, 'je kunt toch niet zomaar sluiten?'

'Zomaar?' roept Irthe uit.

De bakker slaat zijn armen over elkaar. 'De ene keer wordt er niks besteld omdat jullie zelf bakken, en dan weer moet ik op het laatste moment een grote bestelling leveren! Neem me nou niet kwalijk! Het minste dat je had kunnen doen, was tijdig even bellen.'

'Ik zat godverdomme met een brand!'

'Meisje,' zegt Bartels, 'maak je nou niet overstuur. Je laat vanwege dat akkefietje toch niet een hele avond lopen?'

'Het is godsklere al vier uur en ik heb zelfs nog geen consommé! Wanneer had ik vandaag moeten koken?'

'Maar je hebt er niets aan om zo emotioneel te worden.'

'O nee?' schreeuwt Irthe. 'Dat maak ik zelf wel uit!' Tot haar afschuw barst ze in tranen uit.

'Daar heb je het al,' zegt Wim Bartels, terwijl hij haar op haar arm begint te kloppen. 'Nou, nou,' sust de bakker, 'zo kennen we je helemaal niet, meid.'

Wie kent mij hier eigenlijk, denkt Irthe terwijl ze haar nagels in haar handpalmen drukt. Vruchteloos probeert ze zichzelf weer in bedwang te krijgen. 'Ik sta ook overal alleen voor,' klaagt ze, zich plotseling realiserend dat haar ontreddering in de ogen van beide mannen bepaald niet in haar nadeel werkt.

'We verzinnen wel wat,' belooft Bartels gul. 'We beginnen gewoon bij het begin. Is Ange er dan niet?'

'Die kan haar arm toch niet gebruiken, man!' Irthe voelt een steek door haar ingewanden gaan. Waar blijft Ange eigenlijk? Die had uren geleden al terug kunnen zijn met Dixie. Ze hebben natuurlijk moeten schuilen, maar ondertussen is het vrijwel droog. Grote genade! Haar zuster zal dat telefoontje van Dixies moeder toch niet hebben verzonnen? Irthe met alle ellende laten zitten en er zelf met Dixie vandoor gaan! Een enkel briefje om te beweren dat het kind met haar vader aan het kamperen is of iets dergelijks, en voorlopig heeft Ange haar handen vrij. Even wordt het Irthe zwart de ogen. Het zou tenslotte niet de eerste keer zijn dat het noodlot nauwgezet en getrouw haar eigen gedachten uitvoerde.

'Hé,' zegt de bakker, 'daar hebben we Henri ook nog, we krijgen hier een hele bijeenkomst.'

Irthe werkt zich los uit haar verdoving. Ze springt op en grijpt Henri bij zijn arm, nog voordat hij de deur achter zich heeft gesloten. 'Hoe laat zijn Ange en Dixie bij jou weggegaan?'

'Ach Irthe, het spijt me zo dat ik niet eerder kon komen,' zegt hij, met een vermoeid gebaar zijn bril afnemend. 'Ik zat bij een patiënt.'

De postbode komt half overeind. 'Ben je ook nog bij mij thuis langs geweest?'

'Ja, en ze is in elk geval nog stabiel. Ik heb je vrouw een nieuw recept gegeven.'

'En Dixie?' roept Irthe uit.

'Dixie? O, dat was loos alarm hoor. Maar is hier alles goed, Irthe?'

'Weet je het zeker? En die buikpijn dan?'

'Pak nou eerst eens een kop koffie voor hem,' pleit de postbode. Henri gaat zitten op de stoel die voor hem wordt bijgeschoven en zegt: 'Ik denk dat het zenuwen waren. Ze was een speelgoedbeest kwijt, of zoiets.'

'Aap,' mompelt Irthe. Mechanisch pakt ze nog een kopje. Ange komt zonder aap niet ver met Dixie.

'Wanneer komen de uitslagen van de monsters die vandaag genomen zijn?' vraagt de bakker aan Henri.

'Dat zal volgens het laboratorium wel een week duren.'

'Maar is zoiets nou echt door mensenhand te onderzoeken?' brengt Bartels mismoedig te berde. 'Ik denk soms: het is een hemelse straf, die epidemie.'

'Gebruik in vredesnaam niet zulke zware woorden,' roept Irthe uit. Ze krijgt een visioen van pestilente lijken die aan een ijzeren haak in de ongebluste kalk zakken, van krakende wagens die langs verduisterde huizen ratelen – en Dixie wordt dwars door al die verrotting aan de hand van haar zuster voortgesleurd.

'We kunnen onze straf niet ontlopen,' verzekert Bartels, 'aangezien we geen van allen vrij van zonde zijn.'

'Kinderen wel,' zegt Irthe fel.

'Ga jij jezelf nou niet weer helemaal over je stuur werken,' waarschuwt de bakker.

'Irthe,' zegt Henri. Hij reikt over de tafel en pakt haar hand.

'Vertel nou eerst eens wat er vanmiddag is gebeurd.'

Ze is van haar apropos gebracht. 'O, de brand! God ja. Nou, de bliksem sloeg voor mijn ogen in een schuur. Of loods. Zo'n houten ding.' Ze merkt dat ze alle lust verloren heeft er verder over te praten. Zou ze iets verkeerds gegeten hebben, dat haar ingewanden ineens zo opspelen?

'Dus de schade valt mee?'

'Ja, het was eigenlijk alleen maar een schrik.'

'Voor hetzelfde geld hadden je goeie stoelen en je dure parasols in die schuur gestaan,' zegt Bartels vreugdeloos.

'Nee hoor,' zegt Irthe, 'het was alleen maar ouwe troep.'

'O,' concludeert Henri. 'Dus het was die schuur waarin jullie het afval opsloegen? Nog een geluk bij een ongeluk.'

De bakker leunt naar voren, terwijl zijn geplaagde blik plaats maakt voor een uitdrukking van ontzetting. 'Afval? Je hebt in al die weken van tropische hitte toch geen afval bewaard vlak bij waar jullie in de rivier afwateren? Met ons twee kilometer stroomafwaarts?'

Het blijft even stil na zijn woorden, alsof iedereen terugdeinst voor de implicaties ervan. Dan zegt Wim Bartels met een stem die uit een afgrond komt: 'En jij wist daarvan, Henri?'

'Maar het was geen afval!' roept Irthe bezwerend. Achter haar ogen komt een dof gedreun op gang.

'Hoe kom je daar dan bij, Henri?' vraagt de bakker op een zo geduldige toon dat het haast een bespotting is. Opnieuw valt er een stilte, waarin ze alle vier uit het raam kijken. Achter op het erf zijn de geblakerde resten van het museum zichtbaar. Het zou een kleine moeite zijn ze te onderzoeken. En dan zou iedereen met eigen ogen de verwrongen conservenblikjes zien, de stukgespatte augurkenpotten en uiteengebarsten azijnflessen. Irthes blik kruist die van Henri. Door de manier waarop hij van haar wegkijkt, weet ze dat hij precies hetzelfde heeft bedacht als zij. En een fractie van een seconde later beseft ze dat hij 's nachts karren moet horen ratelen, dat hij natuurlijk allang wordt achtervolgd door vleeshaken, dat hij de laatste tijd al honderdduizend keer is afgedaald in de kuil met ongebluste kalk. Ze is niet eens verbaasd als hij met neergeslagen ogen zegt: 'Ik heb meteen gezegd dat die schuur een gevaar voor de volksgezondheid was.' Er staat zweet op zijn bovenlip. Ze heeft een vitale misrekening gemaakt toen ze hem uitzocht als haar schild. Hij heeft zelf veel te veel te vrezen.

'Dan had ik jou wijzer geacht, Irthe,' zegt Wim Bartels terwijl hij zijn handen kneedt.

'Wacht even, Wim,' zegt Irthe radeloos. Maar dit keer heeft het geen effect dat ze hem bij zijn naam aanspreekt, zijn ogen worden niet zoals anders zacht, hij kijkt haar aan alsof ze een wildvreemde is. Hij kijkt haar aan als de vreemde die ze voor hem is. 'Zo'n advies sla je toch niet in de wind. Het is zonde dat ik het zeggen moet, maar ik wou dat ik die schuur zelf in brand had gestoken.'

'Met de grond hadden we hem gelijk moeten maken,' barst de bakker uit. 'Als ik nog aan mijn jongen denk! We dachten dat hij de kleine Gilles achternaging! En jullie hier ondertussen rondrollen in het vuil!'

Nu komt het erop aan net als Henri niet te aarzelen. Je moet kunnen kiezen. Struikelend over haar woorden roept ze uit: 'Jullie hoeven mij niet zo aan te kijken, hoor. Het was Anges rommel, daar in die ellendige schuur.'

'Hoor eens!' fluistert Ange. 'De regen wordt minder.'

'Het is vast al etenstijd geweest,' zegt Dixie klaaglijk vlak naast haar in het duister.

'We kunnen er nu wel uit,' overweegt Ange. Het heeft haar enigszins verkwikt om zo lang te zitten en alleen maar te wachten totdat het onweer overgedreven zou zijn. Het moet een verschrikkelijke bui zijn geweest; ze mag blij zijn dat ze op het laatste moment aan de oude hut van de eendenkooikers heeft gedacht, onder aan de dijk. 'Vooruit maar,' zegt ze met een zucht. Daar buiten wacht de hele wereld.

Morrelende geluiden. Dan zegt Dixie: 'De deur zit vast.'

'Ga eens opzij.'

'Au, Ange!'

'Ja sorry hoor, ik zag je niet.'

'Ik wil naar buiten,' schreeuwt Dixie.

Ange tast naar de deur. Ze voelt de scharnieren, ze volgt de naad, ze vindt het klosje dat dienst doet als deurknop. Ze duwt. Ze zet haar goede schouder bovenaan tegen het hout en haar voet tegen de onderkant, maar hoe ze ook wrikt en wringt, ze voelt geen centimeter speling. 'Allemachtig,' mompelt ze. Ze had, toen ze hier naar binnen vlogen, even moeten opletten of er een of ander sluitingsmechaniek was: misschien heeft ze de deur in haar haast vergrendeld door die te hard achter zich dicht te trekken. Of anders heeft de zware regenval het verweerde hout doen uitzetten – maar hoe het ook zij, met één arm klaart ze dit niet.

'Wat doe je nou?' vraagt Dixie benauwd in het donker.

'Ik denk na.' Ze gaat op haar hurken zitten en beklopt de wanden. Met moeite sleept ze de kisten of kratten opzij waarop ze de hele tijd hebben gezeten. Als ze de laatste van zijn plaats sleurt, ziet ze vaal daglicht. 'Kijk, een rooster,' zegt ze triomfantelijk.

'Waarom maak je de deur niet open?'

'Die klemt, kind!' Ze buigt zich voorover. Het luchtgat is niet groter dan twintig bij twintig centimeter. Om ratten en konijnen buiten te houden zit er een stuk roestig kippengaas voor gespijkerd. Ange trekt haar schoen uit en slaat het zonder veel moeite kapot. 'Nou,' zegt ze hijgend, 'jij kunt eruit.'

Dixie komt over haar schouder hangen. 'Hoe dan?'

'Gewoon, op je buik. Ik hou die scherpe punten wel tegen.'

'Maar het gras is helemaal nat!'

'Mij best, dan blijven we hier zitten.'

'Ik moet een plas, Ange!'

'Ja, dat heb je al twintig keer gezegd. Nou kun je 'm gaan doen.'

'Maar hoe kom jij er dan uit?'

'O, heden,' zegt Ange uitgeput. 'Jij holt naar huis en je laat Irthe hierheen komen met een koevoet.' Ze pakt het kind bij de arm en trekt haar naast zich op de grond. 'Dat kun je best.'

'Heeft Irthe dan een koeienvoet?'

'Ja, toe nou maar.' Ange geeft haar een duwtje. Kermend laat Dixie zich naar buiten werken. Ze geeft een gil als haar blote benen het natte gras raken. Dan krabbelt ze overeind en maakt zich uit de voeten.

Ange ademt de koele buitenlucht diep in. Ze denkt: eigenlijk voel ik me wel goed, alleen niet opgewekt genoeg. Maar dat valt straks wel te verhelpen met een borrel.

'Ange! Ben je daar nog?' Dixies gympen staan weer voor

het gat en tussen haar gebogen knieën wordt haar hoofd zichtbaar.

'Je moet gewoon de dijk af lopen,' schreeuwt Ange ongeduldig.

'Ja, maar als Irthe nou zo meteen komt...'

'Die komt niet als jij hier blijft treuzelen!' Waarom, denkt Ange, zou ik eigenlijk haast maken? Zolang ik hier zit doen zich tenminste geen nieuwe complicaties voor.

'Zul je dan niet tegen Irthe zeggen dat ik aap op zolder heb laten liggen?'

'Nee, hoor,' zegt Ange gedachteloos. Dixies voeten zijn alweer uit het gezicht verdwenen, als de boodschap met een klap tot haar doordringt.

Met kramp in haar buik spoelt Irthe de koffiekopjes af en ruimt de keuken op. Ik heb meteen gezegd dat die schuur een gevaar voor de volksgezondheid was. Het is zonde dat ik het zeggen moet, maar ik wou dat ik die schuur zelf in brand had gestoken. Met de grond hadden we hem gelijk moeten maken. Als ik nog aan mijn jongen denk! We dachten dat hij de kleine Gilles achternaging! En jullie hier ondertussen rondrollen in het vuil!

Die vijandigheid. Alsof het niet telt dat ze zich vijftien jaar lang heeft uitgesloofd om het iedereen naar de zin te maken. En Henri die niets zei. Niet eens dat er geen voorbarige conclusies getrokken moesten worden. Irthe steekt een sigaret op en merkt dat haar handen beven.

Maar wordt het niet eens tijd om een hapje te gaan eten? Overal in het land zoeken de gasten naar hun autosleutels. Ze tasten naar hun creditcards en hun condooms en bedenken verheugd dat ze kosten noch moeite sparen om hun geliefde een genoegen te doen.

En Dixie rent. Dixie is Batman. Dixie zal arme Ange redden.

Ange ziet haar sluipen en gluipen met dat vermaledijde speelgoedbeest onder haar arm, Ange ziet haar verboden terrein betreden, Ange ziet haar de zoldertrap beklimmen, terwijl Irthe, die het verdomde kind in huis heeft gehaald, Irthe die haar zin weer eens moest doordrijven, zich elders aan haar eigen belangrijke bezigheden wijdt. En Irthe meent nog wel dat haar zuster problemen veroorzaakt! Goeie God! Blind is die aanstelster. Ze heeft het ongeluk zelf in huis gehaald, het bevindt zich pal in hun midden en sjouwt haar speelgoed trap op, trap af. Ze moeten dat kind kwijt, ze moeten er onmiddellijk vanaf, voordat het hoe heet die man, haar vader, op zolder ontdekt.

Waar blijft Irthe trouwens? Het is duidelijk dat ze zich bepaald niet haast. Misschien doet het haar wel een satanisch genoegen Ange nog wat te laten zitten zweten. Is dit niet precies de situatie waarnaar Irthe reikhalzend moet hebben uitgezien? Ze heeft Ange eindelijk in een positie waarin die geen brokken meer kan maken. Voor haar is het een stuk gerieflijker Ange hier maar te laten zitten.

O verdomme, denkt Irthe, ook dat nog: ze pakt een fles water en holt ermee naar boven. In het voorbijgaan grijpt ze de zaklantaarn uit haar slaapkamer en knipt die op de zoldertrap aan. Ze betreedt net de vliering, als beneden luid haar naam wordt geroepen. Verrast blijft ze staan. Ze heeft het goed gehoord. Opnieuw komt Dixies stem van beneden. Dixie is terug. Irthe bedwingt haar impuls om onmiddellijk naar de keuken te rennen. Gehaast begeeft ze zich, een halve meter voor zich uit schijnend, naar het berghok. Ze reikt al naar de deur als er vlak voor haar voeten iets glinstert in de cirkel van het licht. Ze fronst haar wenkbrauwen terwijl ze zich vooroverbuigt. Maar zij heeft hier toch nooit een fles achtergelaten?

'Dus zo zit dat,' mompelt Irthe. Langzaam komt ze weer overeind. Daarom is het haar niet gelukt Gilles op zijn knieën te krijgen: klaarblijkelijk heeft hij achter haar rug om steeds alles gekregen wat zijn hartje begeerde. Ze is al die tijd gesaboteerd.

'Irthe!' schreeuwt Dixie onder aan de trap, 'Irthe, ben je boven?'

En uit de Randstad komen de gasten naderbij, ze leggen de laatste kilometers af, ze verbazen zich over het schoongewassen landschap, ze parkeren bij het café naast de brug en gaan gretig naar binnen, bij voorbaat al geamuseerd. In het gelagzaaltje is het voller dan anders, het lijkt wel alsof het halve dorp is uitgelopen, zo ongewoon druk is het. De gasten van buiten dringen zich naar de tap, tuk op een glas en op de laatste roddels. Maar vandaag komt aan het bezeten geroezemoes abrupt een einde als de gasten hun bier bestellen, en gepikeerd nemen ze hun glazen mee naar een tafeltje in de hoek. Ze komen hier al zo lang! Ze kennen elke spijker in het lokaal, ze voelen zich hier thuis. Het is hoogst onaangenaam om na al die jaren ineens behandeld te worden als een buitenstaander en het gevoel te krijgen dat wat de mensen te bespreken hebben niet voor hun oren is bestemd.

Als ze de gevonden fles rechtop zet naast de hare, de volle, moet Irthe denken aan hoe de ratten soms uit hun holen in de dijk worden gerookt. Vannacht, of op welk ander achterbaks uur het stiekeme laven ook plaatsvindt, zal Ange dit stilleven voor de deur van het hok vinden en zich door de mand gevallen weten. Ze zal razendsnel duizend uitvluchten verzinnen en die weer moeten verwerpen. Dat worden heel benarde ogenblikken voor Ange. Het is niet ondenkbaar dat er ook nog sporen van voedsel te vinden zijn. Snel laat Irthe het licht van de zaklantaarn een wijde boog over de vliering beschrijven. Midden op de planken vloer ziet ze Dixies aap liggen. Vol minachting raapt ze hem op: dat mens is zelfs niet te laag om Dixies liefste speelgoed te verstoppen. Kijk nu toch, ze heeft hem net zo'n pathetische mitella omgedaan als ze zelf draagt.

Het zal amusant zijn, aap straks in Anges bijzijn terloops aan Dixie te overhandigen. Irthe steekt het beest in de zak van haar wijde rok en bevochtigt haar droge lippen. In haar opwinding moet ze op haar tong gebeten hebben, die voelt ineens zo rauw aan, alsof er blaren op staan. Ze zal er een paar plakjes komkommer op leggen, en voor Dixie maakt ze dan een bootje van de rest van de komkommer, precies zoals Ange vroeger altijd – een bootje van komkommer, je had er niet eens een mes voor nodig met het soort komkommers dat zij oppikten, ze likten het weke vruchtvlees vol zaden eruit en prikten lucifers in het restant, bij wijze van roeispanen. Een onbegrijpelijk spel voor kinderen met altijd honger, maar ja, toen al had Ange haar prioriteiten slecht op een rij.

Onder aan de trap staat Dixie van het ene been op het andere te springen. 'Ik moest al zo nodig plassen!' roept ze. 'En nou sta ik ook nog de hele tijd op jou te wachten!'

'Waar hebben jullie in godsnaam de hele dag gezeten?'
'Ange heeft een koeienvoet nodig!'
'Waar is Ange dan?'
'Ik doe het in mijn broek, hoor.'
'Ja, ga dan ook eerst naar de wc!'
'Maar Ange zit in dat huisje.'
'Welk huisje?'
'Zo'n huisje bij het water, met allemaal ouwe touwen en stukken hout. Daar hebben we geschuild voor het onweer.'

'O,' zegt Irthe. Ze gaat de keuken in en legt haar zaklantaarn op tafel. Dus een picknick in de eendenkooikershut is ook al geen verrassing meer.

'Ange kan er niet uit,' schreeuwt Dixie vanaf de wc.

Irthe snijdt een paar plakjes komkommer af en drukt die tegen haar pijnlijke tong.

'Irthe,' hijgt Dixie, terwijl ze aan haar kleren sjorrend de keuken binnen rent, 'je moet haar gaan bevrijden.'

'Nou dat weer! Anders is ze ook niet zo hulpeloos,' zegt Irthe onverstaanbaar.

'Maar haar hele hand doet pijn!'

'Dat is haar eigen schuld.'

'En de deur klemt!'

Irthe kauwt en slikt de komkommer door. Nijdig zegt ze: 'En of ik maar weer wil opdraven om haar uit de nesten te halen.'

'Ja,' zegt Dixie met grote vanzelfsprekendheid.

'Kom eens hier, jij. Even knuffelen. Ik heb je de hele dag niet gezien.'

Dixie ontwijkt haar. 'Je moet opschieten!'

'Eerst moet jij wat eten. Je hebt sinds vanochtend natuurlijk niets gehad. Door Anges schuld heb jij nou honger.'

'Ik zal wel brood klaarmaken,' bedenkt Dixie, 'en melk inschenken, en als jij Ange hebt gehaald, gaan we gezellig samen eten.'

Irthe voelt zich klemgezet. Het is duidelijk dat ze het kind maar met één ding plezier kan doen. Ange heeft haar compleet ingepalmd.

Stomme Irthe heeft niet eens hagelslag of muisjes in huis, ze heeft helemaal geen verstand van lekker eten, daar is Dixie ondertussen wel achter. In de ijskast staan alleen schaaltjes smerige smurrie met plastic erover. Dixie heeft zo'n honger dat ze vast een boterham neemt, met alleen boter erop, alsof ze een kind uit een arm land is. Ze smeert er ook een voor Ange, en snijdt die in vieren. Maar er is niets aan zonder verrassingsbeleg op de verschillende partjes. Ontmoedigd zet ze het bord op tafel. Ze pakt Irthes zaklantaarn en knipt hem aan en uit. Het is nog te licht om er leuk mee te spelen. Aan een zaklantaarn heb je alleen iets in het donker. Als ze die vannacht bij zich had gehad, was ze natuurlijk meteen teruggegaan om aap van de zolder te halen. Besluiteloos knippert Dixie met de lamp. De dode baby's staan haar nog levendig bij. Maar nu is het overdag. En dat aap hier dan straks zit met zijn arm, als Ange thuiskomt.

Op weg naar boven, als ze de slaapkamers van Ange en stomme Irthe passeert, vraagt ze zich ineens af waar haar vader eigenlijk slaapt als hij niet op vakantie is. Maar dan staat ze al onder aan de zoldertrap. Ze knipt de lamp aan. Ze verzamelt al haar moed en schuifelt voetje voor voetje omhoog. Op de vliering hangt nog de volle hitte van de afgelopen weken en het stinkt er nog erger dan ze zich herinnert. Daar staat haar fles water, naast een andere, die ze de vorige keer in het donker niet heeft opgemerkt. De zaklantaarn maakt alles heel anders: ditmaal is het niet alsof er iemand stilletjes ademhaalt, ze hoort alleen haar eigen adem. Ze ziet nu dat er in de hoek een soort kamertje is afgeschoten. De laatste kamer van het huis: die moet dus van haar vader zijn, van wie mama altijd zegt dat hij een beest is, om ons te verlaten, Dixie, toen jij nog heel klein was. Behalve dat het mama mooi uitkwam Dixie hierheen te sturen toen ze zelf zo nodig op reis moest met die vriend van haar! Als haar vader aardig is, dan vraagt ze gewoon of hij niet met Ange wil trouwen, en dan blijft ze lekker hier, om mama te pesten. Als papa nou maar gauw thuiskomt, in elk geval voordat mama haar komt ophalen! Hij zal vast trots op zijn flinke dochter zijn, die tijdens zijn afwezigheid voor zijn planten heeft gezorgd. Dixie bukt zich en pakt de fles water. In het slot van papa's deur steekt een sleutel, die ze ingespannen omdraait. Het licht van de zaklantaarn strijkt over een schuifje, waar ze net bij kan. Onderaan zit er nog een. Dan duwt ze de deur open.

Als de deur met verbazend weinig moeite opengaat, geen gekraak, geen houtsplinters die alle kanten op vliegen, krimpt Ange in elkaar. Oog in oog met Irthe bedenkt ze dat het misschien te prefereren was geweest opgesloten te blijven.

'Slome,' roept haar zuster driftig. 'Je had de grendel erop

getrokken. Kom ik daarvoor met een koevoet aangezeuld?'

'En hoe was jouw dag?' vraagt Ange koel.

'Geweldig.'

'Nee, dan de mijne,' zegt Ange. Ze is stijf van het lange zitten en haar ene been slaapt. Ze hinkt achter haar zuster aan, die woest tegen de dijk op klautert. Ze kan haar niet bijhouden op dat gevoelloze been, als ze niet uitkijkt verzwikt ze nog een enkel. Machteloos blijft ze staan. Buiten zichzelf roept ze uit:

'En je hebt toch niet expres de pijnboompitten in mijn noedels vergeten, hè?'

Schuin boven haar draait Irthe zich uiterst langzaam om. Ze kijkt laatdunkend naar beneden. 'Ik dacht eerder aan iets in de sfeer van fijngesnipperde venkel.'

'God bewaar me!' Haast stapt Ange mis, ze kan zich nog net staande houden. 'En dan mag ik vanavond zeker weer volle borden wegsmijten! Net als met die zogenaamde truite au concombre van gisteren!'

'Spaar je asem,' zegt Irthe. 'We zijn vanavond dicht.'

'Dicht?' schreeuwt Ange.

'Ja, dat krijg je als de chef zo handig is om zichzelf de hele middag op te sluiten.'

'Jij was er verdomme toch?'

'Maar ik ken het verschil tussen venkel en een pijnboompit niet eens!' Dat loeder heeft haar alleen maar uit dat hok gehaald om haar als een mug tegen de muur te kunnen meppen. Ze is eropuit haar te pletten.

'Maar goed,' herneemt Irthe onbewogen, 'het is pas halfzeven. Je hebt nog een halfuur om iets magistraals te bereiden. Jij kookt nog wel een complete tweede ster bij elkaar, als je er even aan gaat staan!'

'Met één arm zeker!'

'Ja, dat had je eerder moeten bedenken.'

'En nou nog wat,' schreeuwt Ange, nu het tot haar doordringt dat Dixie opnieuw onbewaakt in huis moet zijn achtergebleven, 'dat kind! Waar heb je dat kind gelaten?'

'Kijk eens aan,' zegt Irthe langzaam. 'De aap komt uit de mouw.'

'Wat bedoel je nou weer?'

'Dixie voor en Dixie na!'

'Nou, daar moeten we het inderdaad over hebben. Dat ellendige wicht...'

'Ellendig, zei je?' snuift Irthe. Ze grijpt in haar zak en ze haalt Dixies beest te voorschijn.

'O,' zegt Ange verbluft. 'Dus je weet het al.'

'Dat had je niet gedacht, hè?' Dreigend zwaait Irthe het dier aan een poot heen en weer. 'Naar de zolder sluipen! Ik weet precies hoe laat het is, Ange.'

'En wat nou?' zegt Ange, van haar stuk gebracht. 'Ik bedoel, wat dacht je eraan te doen?'

De zegevierende uitdrukking op haar zusters gezicht maakt plaats voor verbijstering. 'Ik? Vraag jij aan mij wat ik hieraan ga doen? Heb jij niks te zeggen, dan?'

'Toe, zeg. Je hebt het aan jezelf te danken, hoor!'

'Zo,' blaast Irthe. Ze stampvoet in het gras. 'Je bent niet goed snik, jij! Denk maar niet dat je er zo gemakkelijk vanaf komt!'

'Vanaf het allereerste moment heb ik over één ding nooit twijfel laten bestaan: het is jouw zorg, niet de mijne.'

'Nee, jij hebt je al die tijd overal aan onttrokken! Maar ondertussen! Achter mijn rug! Achterbaks serpent!'

Ange is het spoor bijster. Wanhopig roept ze uit: 'Je moet toch steeds geweten hebben dat het niet goed kon blijven gaan! Wie neemt er nou zulke risico's!'

Irthe zet haar handen in haar zij. 'Ja, kom maar op met je vrome praatjes! Nu ga je mij zeker nog ter verantwoording roepen ook, zelfgenoegzame trut!'

'Allicht dat ik jou ter verantwoording roep! Wie anders! Jij moest zo nodig...'

'Ik moet nodig kotsen,' schreeuwt Irthe. Ze propt de aap terug in haar zak en beent met hoekige stappen de dijk op. Zonder nog om te kijken begint ze in de richting van het dorp te lopen, met de nutteloze koevoet nog steeds onder haar arm. Woorden hadden het niet duidelijker kunnen zeggen: los jij het maar op, Ange!

Maar zal de avond uiteindelijk niet weer net als anders een succes zijn? Zodra de gasten bij Het Hemelse Gerecht uitstappen, zijn ze al bijna vergeten hoe dreigend en broeierig de stemming in het café was. Ze trekken hun das recht terwijl ze over het grind naar de ingang van het restaurant lopen. Ze zijn vanavond de eersten: de deur is nog gesloten.

Wat is het toch een sfeervol pand, en wat is de lokatie onovertroffen. Alles ademt hier rust en vrede. Maar druk nog eens op die bel. Ging hij net soms niet over? Jawel, maar de juffrouwen moeten helemaal van achteren komen en er kan zich best net iets vitaals voordoen in deze of gene pan. Maar stil eens! Nee, stil! Daar gilt iemand. Er wordt onmiskenbaar verschrikkelijk geschreeuwd, ergens achter in het huis! Is het huilen, of is het roepen? Is het wel een menselijke stem? Dit klinkt toch – dit brengt het kippenvel gewoon op je armen!

De gasten parkeren hun dames in het grind. Te paard! Hun stropdassen wapperen. Ze reppen zich langs de zijgevel naar het achterhuis. Twee hulpeloze vrouwen op zo'n afgelegen plek! Men haast zich naar het keukenraam. Eerst ziet men niets. Dat wil zeggen, niets. Geen veelbelovend pruttelende schalen en schotels, geen stillevens van groenten en fruit, geen enkel blijk van enige activiteit die verband houdt met hun reservering. Nee, dat is niet pluis. De gasten stoten elkaar aan: op de keukentafel staat een bord met een aangesneden boterham! Wat voor drama heeft zich hier afgespeeld? 'Daar!' zeggen ze gelijktijdig.

Weggedoken onder de keukentafel zit een klein kind, het rilt en siddert, het houdt de armen om zichzelf heen geslagen, het gooit het hoofd achterover en slaakt opnieuw een door merg en been snijdende kreet.

Als ze over het grasland langs de rivier komt aanlopen, ziet Ange gelijktijdig het verkoolde museum en de mannen bij haar keukendeur. Wat heeft zich hier afgespeeld? Is de bliksem vanmiddag in haar zusters levenswerk geslagen en was ze daarom zo verward en buiten zinnen? Ze hoort Irthe weer met schelle stem alles omdraaien – om gek van te worden, zo boosaardig als ze de geschiedenis vervalste. Ik geloof dat ik bang voor haar begin te worden, denkt Ange, en ze voelt dat haar nekharen recht overeind gaan staan bij die gedachte. Ze zal op haar hoede moeten zijn, ze mag geen handeling meer argeloos verrichten, ze moet zorgen dat alles wat ze doet met geen macht ter wereld in een ander licht geplaatst kan worden. Benauwd kijkt ze naar de mannen bij de keukendeur: hier valt vast wel weer iets te verknoeien. 'Bent u van de verzekering?' roept ze.

De bezoekers draaien zich om, ze lijken van haar te schrikken, ze kijken van haar naar de resten van het museum alsof ze die voor het eerst zien. 'U hebt brand gehad,' stamelt een van hen.

'Ja,' zegt Ange, vurig hopend dat haar niet naar de toedracht gevraagd zal worden.

'Ange!' roept Henri, die plotseling het tuinpad betreedt. Als hij haar in gesprek ziet, blijft hij aarzelend staan. Ange grijpt onwillekeurig naar haar hoofd. Het is toch nog geen maandag? Wat komt die kwal hier dan doen? Moet ze soms op elke avond dat ze dicht zijn met hem gaan eten? 'Nou,' zegt ze ademloos, 'als u de schade hebt opgenomen, komt u er verder wel uit, hè?'

De mannen schuifelen met hun voeten. 'Eigenlijk kwamen we hier eten,' brengt een van hen te berde.

Henri komt naderbij. 'Er is hier vandaag brand geweest. Het restaurant is gesloten,' zegt hij met zoveel gezag dat de bezoekers Ange onmiddellijk de rug toedraaien. Een van hen zegt: 'Toen we aanbelden, hoorden we een kind verschrikkelijk huilen. We dachten dat er misschien een ongeluk was gebeurd.'

'Ik ga wel even kijken,' mompelt Henri, terwijl hij al naar binnen schiet.

'Dat,' gebaart Ange, 'is een dokter. Goeienavond verder.' Het doet haar plezier de deur voor hun neus te sluiten. Ze heeft nooit een hoge dunk van gasten gehad en nu zie je maar weer eens dat je meer last dan lust van ze hebt.

In de keuken zit Henri met Dixie op schoot. Hij knijpt in haar lendenen. 'Doet dat pijn, Dixie?'

'Ange,' huilt Dixie. Ze spartelt zich los uit zijn greep en klemt zich vast aan Anges dij. 'Ja, wat dan?' vraagt Ange gehinderd.

'Neem haar even bij je,' zegt Henri, 'misschien bedaart ze dan. Eerder komen we er toch niet achter wat er loos is.'

'Ze is compleet hysterisch,' ontdekt Ange tegen haar zin. 'Kun je haar geen spuit geven?'

'Nee, liever niet. Misschien heeft ze wel een acute blindedarmontsteking. Ik kom nergens achter als ik haar verdoof.'

'Je bent weer een hele hulp, Henk.'

Henri bekijkt zijn handen. Hij strijkt zijn haar naar achteren. Hij zet zijn bril recht. 'Ik wou eigenlijk even met je praten.'

'Kijk eens wat een aardig boeket,' zegt Ange in paniek.

'Ja, dat heb ik vanmiddag laten sturen.' Hij schiet in een vreemde, gemaakte lach. 'Aan Irthe.'

'Godlof,' ontvalt Ange. Dixie bibbert in haar armen. Ondanks zichzelf begint ze het kind op de schouder te kloppen.

'Irthe,' begint Henri onzeker. Hij zwijgt.

'Je zou de eerste niet zijn die voor haar valt,' verzekert Ange hem. Ze gaat zich per seconde beter voelen. Nu alleen nog een borrel. Maar dan moet ze hem ook iets aanbieden.

'O nee,' zegt hij. 'Het was alleen maar een bedankje, die bloemen. Omdat ze, ja god Ange, het klinkt allemaal zo lomp, maar vorige week zei ze tegen me dat ik maar eens een poging moest wagen, bij jou.'

'O,' zegt Ange. Ze hijst Dixie naar haar andere knie.

'Nou ja, je weet zelf ook wel dat ik altijd veel voor je heb gevoeld. En door wat Irthe zei dacht ik even... nou ja, ze zei met zoveel woorden dat jij ook erg op mij gesteld was, en dat ik er vooral geen aandacht aan moest besteden als jij... als jij net deed alsof je geen interesse in mij had. Allemaal verlegenheid, zei Irthe. Maar toen je vanochtend zo weinig enthousiast was... ik heb de hele dag al het gevoel dat ik je tegen je zin een afspraak heb ontfutseld. Dat wilde ik je even zeggen.'

'Dat klopt,' zegt Ange perplex. Haar hoofd zoemt alsof er een zwerm bijen in huishoudt. Geen wonder dat men zo vreemd op haar reageert als haar zuster allerlei verzinsels over haar ophangt! Wil Irthe haar soms krankzinnig krijgen? Dit is wel de limiet: haar aan dat fossiel koppelen! Ze is kennelijk bereid om door zeeën van snot te waden, als er aan de overkant maar iets wacht waarmee ze Ange te grazen kan nemen.

'Nou, dat is dan dat,' zegt Henri, terugkerend naar zijn gebruikelijke aplomb. 'Dan zullen we maar doen alsof er nooit iets tussen ons is voorgevallen. En nu zal ik gauw nog even naar Dixie kijken.'

Ange is nog steeds te verrast om te reageren. 'Ga jij nou maar weer,' verzoekt ze haastig. 'Volgens mij is er niks aan de hand: ze zit al half te dutten. Ik stop haar zo gewoon in bed.'

'Nou, laat mij dat dan even voor je doen,' zegt Henri. Ange kan zich niet aan de indruk onttrekken dat hij enorm opgelucht is. Hij heeft ineens dat brede, dat gemakkelijke, dat toegeeflijke van een man die door het oog van de naald is gekropen. Dat was vanochtend wel anders. 'Zeg maar waar ze heen moet,' biedt hij aan.

'Naar de kelder,' zegt ze automatisch.

Hij blijft steken in het gebaar waarmee hij het kind van haar schoot wilde lichten. 'De kelder? Wat is dat nou voor waanzin?'

'Waar moest ze anders heen?' vraagt Ange die haar strijdlust terug voelt keren. 'In heel het huis is het steeds om te sterven van de hitte geweest. Beneden was het tenminste koel.'

'Ange,' mompelt Dixie. Ze slaat haar ogen op.

'Ja, we gaan je nou naar bed brengen.'

'Maar er is een man op papa's kamer!' gilt Dixie terwijl ze overeind schiet en haar tentakels in Anges lichaam slaat.

'Wat?' zegt Henri.

'Hij beweegt niet en het stinkt zo en er is overal poep!'

'Waar?' vraagt Henri.

'Op papa's kamer!'

'Ange,' zegt Henri.

Ange komt overeind. Ze pakt Dixie bij haar arm. 'Wil je vanavond liever in mijn bed slapen?' vraagt ze. Ze slaagt er zelfs in een ongeduldig gebaar naar die man te maken. 'Het is ook al ver voorbij haar bedtijd.'

Henri zet zijn bril af en steekt die nauwkeurig weg in zijn binnenzak. 'En waar is papa's kamer dan?'

'Op zolder,' zegt Dixie.

'Er is niks op zolder,' snauwt Ange, voordat ze beseft dat ze niet te gespannen mag klinken. Zo onverschillig mogelijk vervolgt ze: 'Ze is in die benauwde keuken natuurlijk in slaap gevallen en heeft een nachtmerrie gehad.'

Henri bekijkt het kind taxerend. Hij neemt haar bij de hand. Hij zegt: 'En dan ga je nu in Anges bed over leukere dingen dromen, hè Dixie?'

'Ik red het wel alleen,' dringt Ange aan. Haar stem kraakt van de schrik, die ongelooflijker proporties aanneemt naarmate hij verder inklinkt.

'Nee, ik help je even.'

Ange kan met goed fatsoen niet verhinderen dat ze gedrieën de trap op gaan: hij moet vooral geen wantrouwen krijgen. Ze loopt zo langzaam mogelijk, terwijl haar gedachten over elkaar heen tuimelen. Het plotselinge geluid van de bel van het restaurant doet haar bloed bijna stollen. Het is kennelijk niet bij Irthe opgekomen om even een briefje aan de deur te hangen. De ene verontwaardigde gast na de andere zal zich melden. Ange knapt het wel op! Ze weet bijna niet meer hoe ze zich moet beheersen. Op de overloop begint Dixie weer te huilen. Ze klampt zich met armen en benen aan Ange vast. 'En als ik in bed lig, dan kruipt hij natuurlijk naar beneden!'

'Ik blijf wel bij je zitten,' zegt Ange met opeengeklemde tanden.

'Weet je wat,' stelt Henri voor, 'we gaan gewoon samen even kijken, boven.'

'Nee,' gilt Dixie, 'nee, nee!'

'Dank je wel, daar gaat ze weer,' gromt Ange.

'Maar als ze nou ziet dat er niemand op Gilles z'n kamer is...'

'Gilles heeft daar helemaal nooit een kamer gehad! Er is niks op zolder! We komen daar zelfs nooit! Dat bewijst toch al dat ze alles alleen maar heeft gedroomd.'

'Ik ga kijken,' zegt Henri beslist. 'Je kunt wel een insluiper hebben, Ange!'

Wanneer zo'n man de held wil uithangen, is er geen houden meer aan. 'Ik bel de politie wel,' zegt ze wanhopig, 'zo gauw jij weg bent, bel ik de politie.'

'Nee,' huilt Dixie, 'je zou bij mij blijven.'

'Ange blijft hier bij jou en ik ga naar boven,' besluit Henri autoritair.

Beneden rinkelt opnieuw de bel, het geluid dringt als een waarschuwingssignaal Anges hoofd binnen, wacht tot het rode licht gedoofd is, er kan nog een trein komen, en in die halve seconde is Henri al verdwenen en hoort ze hem op de trap naar de tweede etage. Ze schudt Dixie zonder verder overleg van zich af, duwt haar in dezelfde beweging haar slaapkamer binnen, grijpt de sleutel uit het slot en draait die er aan de buitenkant weer in. Ze rent naar boven. Een bedorven lucht slaat haar tegemoet.

'Is hier geen licht?' roept Henri vanaf de zoldertrap. 'Hemel Ange, die stank. Ik ben bang dat ik hier een heel onplezierige vondst ga doen. Blijf jij maar hier.'

'Boven is licht, in het berghok,' zegt ze bijna kokhalzend, terwijl ze hem met een paar sprongen inhaalt en hem zowat op zijn hielen trapt.

'Ik ga er wel in, meisje,' zegt hij. 'Heb je een zakdoek bij je? Hou iets voor je neus en je mond.'

Ange hijgt. 'Daar is het hok. Zie je wat? De deur staat volgens mij op een kier.'

'Rustig nou maar,' zegt Henri. Hij knijpt even in haar schouder. Dan stapt hij met een lichte aarzeling naar binnen, het onbeschrijflijke duister in.

Daar gaat er weer een, denkt Ange hulpeloos als ze de deur achter hem toeslaat, er haar volle gewicht op gooit en de grendels dichtschuift.

'Wat zitten jullie hier nou allemaal bij elkaar?' roept Irthe uit. 'Het lijkt wel een bijeenkomst.' De glimlach besterft op haar lippen als het in het café doodstil wordt na haar woorden. Een voor een kijken de bekende gezichten betrapt van haar weg. Onzeker sluit ze de deur achter zich. 'Is er wat?' Het is alsof haar stem weerkaatst tegen de muur van mensen. Is er wat? Is er wat? Is er wat?

'Moeten we het soms nog voor je uitspellen ook?' vraagt Paula Willemse loom. 'Ja,' zegt ze geschrokken, 'ik bedoel, ja, licht me in. Ik kwam gewoon even wat drinken. Ik dacht, nu het weer eindelijk is omgeslagen...'

'Ach,' meent zij van Bartels, 'en om dat te vieren kom je met dat ding aanrennen?'

Hoofdschuddend neemt de postbode Irthe de koevoet uit de hand. Hij vraagt: 'Wat had je nou gedacht hiermee te kunnen bereiken, wijfie? Dacht je heus dat je ons helemaal alleen zou kunnen tegenhouden?'

Irthes schedel staat op barsten. Stom kijkt ze toe als hij de koevoet op de tap legt. 'Je bent me er toch ook een,' vervolgt Bartels met onmiskenbare waardering in zijn stem.

'Ja Irthe, alle respect, eerlijk is eerlijk,' zegt Tom Willemse even vriendelijk als altijd, zodat het met een schok tot haar doordringt dat dit mensen zijn die in hun recht denken te staan – het is alleen haar aanwezigheid die alles pijnlijk maakt. Ze wordt hol vanbinnen. 'Laten we er even rustig over praten,' zegt ze met een stem die ze zelf niet herkent.

'Wat valt er nog te zeggen?' vraagt Willemse.

'Het is nu te laat,' zegt zijn vrouw, maar ze klinkt onzeker, alsof wat zoëven nog vaststond, door Irthes onverwachte binnenkomst twijfelachtig is geworden. Irthe vat moed. Ze is hier nog net op tijd.

Met stekende ogen komt de ijzerhandelaar naar voren. 'Hoezo praten? Ik dacht te horen dat jij hier alleen maar wat kwam drinken,' zegt hij slepend.

'Ja,' stamelt Irthe, 'nee.'

'Jij dacht zeker: ik geef ze een rondje en dan zijn die sukkels wel weer tevreden?'

'Zulke dingen denk ik niet,' zegt ze zacht.

'Wat? Denk jij nooit: kom, ik geef eens een rondje?'

'Maar dat zei ik niet!'

'En misschien kunnen we er dan ook wat bij eten?' stelt De Groot voor.

Ze lacht terwijl de kramp in haar buik erger wordt.

'Nou, Irthe? Doe mij dan maar een dubbel vieuxtje.'

'Hier een vieux, Jaap,' zegt ze snel tegen de kastelein. Als hij zich niet verroert en met beide armen op de toog geleund uitdrukkingsloos voor zich uit blijft staren, weet ze dat ze terrein verloren heeft.

'Ik zou eerst maar eens een schort voordoen,' zegt Paula Willemse, 'anders bederf je je goeie goed nog. Of hier, bind dit maar om.' Ze grist een natte glazendoek van de tapkast en propt die tussen Irthes ceintuur. 'Hou eens op, Paula,' zegt Irthe. Ze krijgt een duw en belandt achter de tap.

'Twee bier,' bestelt iemand onmiddellijk.

Meespelen, denkt Irthe: wie buigt kan niet barsten. Met het gevoel dat ze droomt tast ze naar een glas. Maar als ze naar de bierpomp reikt, komt de kastelein tussenbeide. 'En sinds wanneer wordt er hier eigenmachtig getapt?'

'Twee bier,' herhaalt de bakker met een geplaagd gezicht. Hij begint met zijn vingers op de tap te trommelen.

'En een witte wijn met ijs,' roept de weduwe van Van de Wetering verderop.

'Nou Jaap, je hoort het,' zegt Irthe met bonzende slapen. 'Heb jij er soms bezwaar tegen mij te bedienen?' vraagt de slagersvrouw scherp.

Ze wil zich niet laten kennen. Op goed geluk pakt ze een fles, drukt die in de kurkentrekker en haalt de hefboom over. 'Zeg brutaaltje,' zegt de waard op zijn gemak, 'jij moet niet denken dat je je alles kan veroorloven, hoor.' Hij neemt haar de fles af.

'Waar blijft dat bier nou?' De bakker slaat op de tap. 'Twee pils, als je even de tijd hebt.'

'Een cola-tic, graag!'

'En doe voor mij maar een biefstukje met bearnaisesaus.'

'Heb je ook gevulde fazant met zuurkool?'

'Daar,' brengt Irthe uit, 'is het nu het seizoen niet voor.' Ze rukt de doek los en maakt aanstalten achter de toog vandaan te komen. Maar ze heeft te laat ingezien dat ze ieders achting allang heeft verspeeld. 'Ik heb mijn drankje nog niet, madam,' zegt de slagersvrouw, terwijl ze haar de weg verspert.

'Okay,' zegt Irthe. 'Einde grap. Ik moet naar huis. Ik heb een kind thuis.'

'Ik niet meer,' schreeuwt Paula Willemse haar recht in het gezicht.

Irthe deinst achteruit. Ze botst tegen Wim Bartels op, die een vaderlijke hand op haar schouder legt. 'Vandaar dus. Dat begrijp je toch wel, Irthe?'

Irthe knikt verdoofd. Alle kracht heeft haar verlaten, ze geeft haar weerstand op.

'Nou dan,' zegt de postbode. 'En we hebben hier ook nog iemand die op haar glaasje wijn wacht. Ga jij daar nou maar eens netjes voor zorgen, meisje.' Hij voert haar aan haar elleboog terug naar haar plaats achter de tap. Met gebogen hoofd pakt ze de fles, schenkt een glas in en schuift dat de slagersvrouw toe.

'Ze vroeg toch rood?' meent de bakker gekweld.

'Ik dacht van wel,' zegt de vrouw. 'Heb je in je eigen zaak ook zo'n moeite met het onthouden van bestellingen?'

Irthe ontkurkt een andere fles wijn. Afkeurend met zijn tong klakkend pakt de kastelein die uit haar hand. 'En nou heb ik je net nog zo gewaarschuwd niet te schenken!'

De slagersvrouw slaat de armen over elkaar. 'Ik geloof al z'n leven dat ze me niet wil bedienen!'

Irthe ziet hen als door een mist. Voor haar ogen verspringen de glazen en flessen flonkerend. Ze beseft dat ze huilt.

'Jammer dat ik weg moet nou het net gezellig wordt,' verzucht zij van Bartels, 'maar er ligt een doodziek kind op me te wachten.'

'Ik moet ook naar huis,' brengt Irthe uit.

'Jij wilt zo meteen helemaal niet thuis zijn,' verzekert Wim Bartels haar bedaard. 'Geloof mij nou maar, hier zit je een stuk veiliger. We willen toch niet dat jou iets overkomt.'

Sprakeloos kijkt ze hem aan.

'De verzekering dekt het wel,' troost hij. 'Breek daar je hoofd nou maar niet over. Of anders dien je een claim in bij de brandweer, dat ze vanmiddag niet voldoende hebben nageblust.' Irthe probeert te slikken. Ook haar keel lijkt inmiddels met blaren overdekt.

'We zijn tenslotte redelijke mensen. We willen er alleen maar voor zorgen dat de volksgezondheid verder geen gevaar loopt, meid.'

'Kom,' zegt de waard. Hij begint glazen te spoelen. 'We nemen er nog een, voordat het ineens donker is en jullie op pad moeten.'

'Ik geloof dat ze even moet gaan zitten,' ziet Bartels. 'Maak eens plaats, daar.' Zorgzaam begeleidt hij haar naar een tafeltje en trekt er een stoel onderuit. Even klampt Irthe zich aan zijn arm vast. 'Doe er een glaasje water bij,' hoont zijn vrouw.

'Moet jij niet naar huis? Het past niet,' zegt hij afgemeten, 'genoegen te beleven aan andermans tegenslag.'

'O, Wim begint weer!'

'Geen preken, Wim.'

'Laten we het een beetje leuk houden, zeg.'

'Irthe snapt heus wel dat dit een kwestie van gerechtig-heid is, en niets persoonlijks.'

'Ja toch, meid?'

'Dat was maar een geintje, van daareven,' verklaart de waard, terwijl hij een glas bier bij haar op tafel zet. 'Om de spanning een beetje af te reageren. Wij zitten er natuurlijk ook mee.'

'Maar uiteindelijk blijft het straks jouw woord tegen het onze,' stelt de bakker vast, 'dat hou ik mezelf maar voor. Ons kunnen ze nooit iets maken, als jij al kwaad zou willen, waar ik je trouwens niet van verdenk. Daar ben jij veel te verstan-dig voor. Daarvoor kennen we elkaar al te lang. En we zullen uiteraard voorkomen dat er persoonlijke ongelukken ge-beuren, met dat meisje of met je zuster.'

'Maar het blijft evengoed een schandaal dat je zoiets zelf moet doen. Daar heeft de overheid toch een taak,' zegt Tom Willemse. 'Ik zal opgelucht zijn als het achter de rug is.'

'Ja, als dat hele broeinest platligt,' vult zijn vrouw aan. Ze ledigt met een verbeten gezicht haar glas. 'Krijgen we er nog een van je, Irthe?'

Ange heeft geen idee hoe lang ze al op de onderste trede van de zoldertrap zit, als het geleidelijk tot haar doordringt dat Henri niets meer van zich laat horen. Gilles zal hem wel ge-zegd hebben dat schreeuwen zinloos is. Henri kan mooi meeprofiteren van Gilles' ervaringen. En het zal hem, de omstandigheden daargelaten, zeker genoegen doen Gilles eindelijk weer eens te zien. Een reünie van oude vrienden, als het ware. Iemand zou hun een schaakspel moeten bren-gen. Ik geloof dat ik een slecht karakter heb, denkt Ange.

Ze gaat naar beneden, laat op de eerste etage het bad vol-lopen en giet er een ruime scheut olie in. Ze kleedt zich uit en laat zich in het water zakken, met haar verbonden hand op de badrand. Misschien is het in algemene zin wel een goed idee om mannen bij elkaar achter gesloten deuren te houden, dan kunnen ze samen al die dingen doen die mannen graag doen, en dan bestaat er verder ook geen risico dat ze je teleurstellen of te veel van je willen; het is altijd het een of het ander, er is met hen voortdurend wat en zelden iets goeds.

Ze heeft moeite haar hoofd rechtop te houden, zo moe is ze. En daar gaat de bel weer. Dat moet wel zo ongeveer de allerlaatste gast zijn: het is al volkomen donker.

'En nou drink je verder maar van mij,' zegt de waard als het café is leeggelopen en Irthe alleen met hem is achtergebleven. Met een fles wijn en een paar glazen schuift hij bij haar aan tafel. 'Zal ik trouwens even iets voor je in het vet gooien? Jij hebt natuurlijk nog niet gegeten.' Hij kijkt haar bezorgd aan. 'Je ziet zo wit, met van die gloeiwangen. Ik denk weleens, die Irthe, die vergt veel te veel van zichzelf. Ik voor mij geloof niet dat een vrouw daarop is gebouwd.'

Irthe zwijgt. De kramp in haar buik heeft onvoorstelbare proporties aangenomen.

'Wat ik me ineens bedenk,' zegt de kastelein en biedt haar een sigaret aan zonder dat zijn hoffelijkheid hem lijkt te bevreemden, 'is dat we Henri nog helemaal niet hebben gezien, op zijn vaste avond. Het is een beste man, dat zeg ik al mijn hele leven, maar let op mijn woorden, het is geen held. Zou hij er soms al tussenuit geknepen zijn? Wat een blamage, niet, dat hij al die tijd van jullie smeerboel wist. Mij zou het niet verbazen als hij met stille trom probeerde te verdwijnen. Want in een geval als dit krijg je toch dat de gelederen zich sluiten. Ik zeg altijd maar: samen sta je sterk.'

Een golf van misselijkheid overspoelt Irthe. Ze probeert op te staan.

'Ik hoop niet dat je dacht dat je ergens heen ging,' zegt de kastelein, 'want dan zou ik je natuurlijk moeten tegenhouden. Maak je nou verder niet te sappel, meid. Je zit ook al zo beroerd te zweten, terwijl er nou toch niks meer aan te doen is. Alleen begrijp ik niet dat je het zover hebt laten komen. Je had makkelijk kunnen voorkomen dat je zusters keuken nu wordt afgebrand. Je had een leugentje om bestwil moeten plegen, je had alleen maar hoeven zeggen dat de rommel in die schuur van jou was.'

In haar pyjama kijkt Ange rond in de keuken: hier heeft ze altijd haar onaards luchtige gerechten bereid, als was ze het kind dat vogels van leem vormde die echt wegvlogen als ze in de lucht werden geworpen. Een gedachte die ze tot nu toe heeft weten te vermijden, dringt zich aan haar op: hoe is alles haar toch ontglipt?

Ze schenkt zich een glas wijn in, maar het smaakt haar niet. Ze voelt van alle kanten duistere gedachten op de loer liggen, die stampend naderbij komen. Maar ze laat zich niet besluipen en belagen, ze gaat naar bed.

Op het moment dat ze haar slaapkamer binnengaat, schiet als een duveltje uit een doosje Dixie omhoog in het bed. Ze knippert met haar ogen en zegt klaaglijk: 'Je zou bij me blijven!'

'Grote genade,' mompelt Ange. Ze was dat kind compleet vergeten. Ze is op slag weer klaarwakker.

'Ik was bang! Ik heb je de hele tijd geroepen! En de dokter riep je ook! Is hij nou weg?'

'Ja,' zegt Ange met een bonzend hart: hoe gaat ze aan Irthe uitleggen dat er thans twee kerels op zolder zitten? Irthe kan haar hielen niet een paar uur lichten of Ange veroorzaakt een nieuwe ramp. En zo ondertussen is ze vast op weg naar huis. Ieder ogenblik kan de keukendeur opengaan – die ik net heb afgesloten, denkt Ange. Daar zal Irthe opzet in zien. Irthe zal haar verdenken van alles wat mooi en lelijk is.

Zenuwachtig rent ze de slaapkamer uit, ze vliegt de trap af, en draait in de keuken de deur weer van het slot. Na een korte aarzeling gaat ze naar buiten. Er is niets abnormaals aan om nog even een luchtje te scheppen voor het slapengaan, en misschien zal Irthe er zelfs dankbaar voor zijn haar gekke zuster niet in huis aan te treffen – onwetend van alle ellende kan ze dan naar bed, en dan heeft ze tenminste nog een prettige nachtrust.

Doelloos slentert Ange over het tuinpad, totdat ze glasscherven onder haar slippers voelt knerpen. Bij de restanten van Irthes museum hurkt ze neer en vist uit de rommel een verwrongen conservenblik op. Ooit heeft het olijven bevat, of Amsterdamse uitjes. Ooit heeft zij het met twee sterke handen opengedraaid. Ik heb altijd graag gekookt, denkt ze, ik was er goed in, ik heb er een onderscheiding mee verdiend. Terneergeslagen komt ze overeind en overziet wat er rest na een leven lang koken: net zo weinig als van die maaltijden.

Ze kan de aanblik van de verkoolde collectie niet langer verdragen, het is niet waar, dit deel van het leven is niet voorbij, ze laat zich niet uit het veld slaan. Het is een mooie avond, ze wandelt naar de waterkant. Ze geeft een schop tegen de nieuwe boot, die op de oever is getrokken.

Als ze zich weer omdraait, ziet ze tot haar schrik in de verte het keukenlicht aanfloepen. Irthe moet thuis zijn gekomen. Ange overlegt geen seconde. Met inspanning van al haar krachten duwt ze de boot het water in. Nog half op de oever trekt ze al aan de starter. De motor slaat niet aan. Hijgend probeert ze het nog een keer, terwijl ze over haar schouder de keukendeur in de gaten houdt. Daar gaat hij al open!

'Ange!' roept Dixie. 'Ange, ben je in de tuin?' Ze komt in haar witte nachtpon naar buiten gestoven. 'Ange! Er komt een fakkeloptocht aan!'

'Wat?' schreeuwt Ange ondanks zichzelf.

Dixie staat stil op het terras. Ze knipt een zaklantaarn aan. 'Ik zie je niet.'

'De waterkant!' roept Ange, inwendig vloekend: nu moet ze voorkomen dat ze van de oever afdrijft.

De lichtbundel danst naderbij. 'O,' zegt Dixie, 'ben je wezen varen?'

'Ik was het net van plan.'

'Wil je de fakkels dan niet zien?'

'Waar heb je het over, kind?'

'Toen jij niet terugkwam, ging ik uit het raam kijken en toen zag ik ze op de dijk, hier vlakbij, een hoop mensen die fakkels aanstaken. Zouden ze ook vuurwerk gaan doen?'

'Hoe moet ik dat nou weten,' zegt Ange stuurs. Er is hier altijd wat te vieren, van midwinter tot midzomer zijn er feesten. Irthe heeft vast een dolle avond.

Dixie dringt aan: 'Kom nou gauw kijken! Ze komen deze kant op.'

'O nee,' prevelt Ange: Irthe zal het hele stel wel weer hebben uitgenodigd, dat komt natuurlijk hier op het gazon die vuurpijlen afsteken. Ze kunnen elk moment de tuin betreden, haar zuster voorop! Misselijk tast ze naar de starter – waarom doet die gloednieuwe motor het niet? Er moet een vuiltje in de carburateur of in de leiding zitten. Ze hoort die lui al op de oprijlaan. 'Instappen,' zegt ze wild.

'Maar ik wil de optocht zien.'

'Doe wat ik zeg, Dixie! Nu meteen!' De paniek maakt haar stem schel, straks horen ze haar nog. 'En mond dicht. Hier. Kom hier, naast mij. En dan pak jij die ene riem en ik de andere.'

'Waar gaan we dan heen?'

'Een eindje om,' zegt Ange. 'Gewoon even een stukje varen.'

Dixie speelt dat Ange en zij piraten zijn, ze nemen allebei een houten been en een papegaai op hun schouder, en ze varen in hun pyjama's de wereld rond. Ange verzint altijd zulke leuke dingen om te doen.

'Ange,' herinnert ze zich ineens, 'zou jij niet met papa willen trouwen?'

'Je bent vandaag al de tweede die me uithuwelijkt,' zegt Ange, enigszins gekalmeerd door het deinen van het bootje. De bruidegom die je voor me hebt uitgezocht, Irthe, zal helaas niet bij de kerk verschijnen. Waarom is iedereen toch zo in de weer om een fatsoenlijke vrouw van haar te maken?

'En dan kom ik gezellig bij jullie wonen,' babbelt Dixie. 'Ken jij "Naar bed, naar bed, zei Duimelot?" Dat moet je dan voor het slapengaan met mij doen.'

'Eerst nog wat eten, zei Likkepot,' mompelt Ange. Altijd moet er gegeten worden. Ik kan ook helemaal niets anders, denkt ze, en bijna overvalt de paniek haar weer.

'Daar is het dorp,' roept Dixie, zich half omdraaiend.

'Je plonst, de riem moet dieper het water in,' gebiedt Ange, maar het bootje draait al een halve slag, en meteen stokt haar de adem in de keel: daar heb je mooie Irthe! Met haar rode haren los langs haar gezicht en haar rok tegen de lange benen klevend, komt ze aangehold over de aanlegsteiger. Moedeloos denkt Ange: ik kan je ook nooit ontlopen.

Vanaf het moment dat Irthe zich door het raampje van de wc van het café naar buiten heeft gewerkt, hebben louter praktische overwegingen haar in beslag genomen. Ze heeft maar een paar minuten voorsprong voordat de waard onraad zal ruiken. Dat hele eind over de dijk haalt ze nooit, op zulke slappe benen. De aanlegsteiger is haar doel, daar liggen altijd boten. Ze zal over het water op Het Hemelse Gerecht afgaan.

Haar hoofd tolt, en ze weet zelf niet eens precies waarom ze holt, want vermoedelijk valt er allang niets meer te redden: de hemel kleurt al rood, en als ze zo meteen de steiger heeft bereikt, zal ze zien dat twee kilometer stroomopwaarts heel haar leven al ten prooi is gevallen aan het noodlot dat ze zelf heeft opgeroepen en bestuurd – terwijl ze steeds alleen maar het beste heeft bedoeld, ze heeft zich in bochten gewrongen, zich alle kanten op gebogen – voor Anges bestwil heeft ze zelfs geprobeerd haar de bescherming van een gerespecteerd man te bezorgen, en zij zou dan als zijn schoonzuster – maar je doet die dingen in de eerste plaats voor een hoger doel – die van Bartels zouden dat begrijpen, die zijn zo'n leuk stel, die denken immers ook het beste te doen – anders zouden ze nu niet – ze weten niets van de zolder, ze branden erop los, ze doen wat ze nodig achten en vernietigen daarbij zonder opzet – dat wat hun dierbaar is, denkt Irthe.

Steken in haar zij dwingen haar even stil te staan. Met stoten komt haar adem heet over haar droge lippen. Maar zullen die van Bartels later door het hemelse gerecht worden veroordeeld?

Niemand kan hun ten laste leggen dat ze willens en wetens – en dat zal voor haar ook gelden, zij heeft zich immers alleen maar aan de regels van het spel willen houden. Eerste regel: zie dat je je man behoudt! Zonder man ben je niemand!

Wat kan men je verwijten als je altijd zo je best hebt gedaan? Als je steeds precies hebt gehandeld zoals zij van Bartels, zij van Willemse en de rest? Pas je aan! Schik je in! Geef geen aanleiding tot kritiek of wrevel! Zorg voor de verzoening van datgene wat onverzoenbaar is! En doe dat alles met een glimlach, vrouwtje!

Irthe dwingt zichzelf weer vooruit, ze ziet de steiger al liggen, haar ogen vliegen voor haar uit: ligt er wat bruikbaars aangemeerd? En ze ziet het bootje. Het zigzagt over de rivier. Een kinderstem, over het water aangedragen, zegt: 'Daar heb je het dorp.'

Meteen hoort Irthe een ander geluid: haar eigen voeten roffelen over de steiger. Ze duikt. In de fractie van een seconde dat ze boven het water hangt en een nieuwe pijnscheut haar darmen doorklieft, denkt ze: zie je wel! zie je wel! ze gaat er met Dixie vandoor, in haar bootje van kommer, maar ik heb aap in mijn zak, zonder mij gebeurt er niets.

Als het water zich boven haar sluit en alles donker wordt en ze niets meer weet, niet eens hoe te zwemmen, hoort ze Anges stem, lang geleden: 'Intrekken, spreid, sluit.'

Meteen dringt tot Ange door dat haar positie de voordelig-
ste is. Zij is niet degene die zich in het water bevindt. Haar
zuster grijpt de rand van het bootje. Ze veegt het druipnatte
haar uit haar gezicht, ze wil wat zeggen, maar ze hijgt nog te
veel, ze is nooit een goede zwemster geweest. Zonder het te
willen herinnert Ange zich een badpak met smockwerk en
een aangerimpeld rokje, blauwe lippen in een verbeten gezichtje, en uiteindelijk een verslagen Irthe op de tribune van
het zwembad toen alle andere kinderen wel op mochten
voor hun diploma. Het enige zwemdiploma dat zij ooit
heeft bezeten, heeft Ange zelf voor haar getekend, om haar
te troosten.

Ange voelt zich merkwaardig licht worden. Hoe heeft ze
ook maar een enkel ogenblik kunnen denken dat ze van Irthe iets te vrezen zou hebben? Er is niets om bang voor te
zijn: dit is immers kleine Irthe maar, die zich aan haar grote
zus vastklampte in het diepe, kleine Irthe die zij eigenhandig heeft geleerd het hoofd boven water te houden. Niets
had Irthe gekund als Ange het haar niet eerst had voorge-
daan, heel het leven heeft ze aan Anges hand bemeesterd. Ze
is niet meer of minder dan Anges eigen creatie. Wat heb ik
me toch allemaal ingebeeld, denkt Ange, alleen maar omdat
ze me een beetje op mijn kop zat! Bang voor Irthe? Dat is
net zoiets als bang zijn voor je eigen schaduw. Zij is geen gevaar waaraan je moet zien te ontkomen.

'Kom je nog aan boord?' vraagt ze.

Irthe knikt stom. Ze weet bijna niet hoe ze zich in het bootje
moet hijsen. Haar ledematen zijn krachteloos, haar buik
gloeit als vuur. Vuur, dat is het, ze moet iets vertellen over
vuur. Maar wat kan ons eigenlijk nog gebeuren, denkt ze
traag, wij zijn immers ontsnapt? Wij zijn onaantastbaar,
geen kwaad kan ons besmetten, aangezien je samen nu eenmaal altijd sterk bent, daar gaat het om, en ik zal haar leren
hoe je met uitgeknipte plaatjes restaurant kunt spelen, en
aap krijgt ook een bordje en mag bestellen wat hij wil, en

onnozele klanten zonder enig verstand van wijn lachen we midden in hun gezicht uit, we lachen, denkt Irthe, en ze lacht, ze blaast haar hete koortsadem in het gezicht tegenover haar.